让日常阅读成为砍向我们内心冰封大海的斧头。

十六岁那年的心情,你还记得吗?

橘子的滋味

[韩]赵南柱 著
朴春燮 王福栋 译

北京联合出版公司

目录 | CONTENTS

006 高中入学典礼
　　 고등학교 입학식

020 多润的故事
　　 다윤의 이야기

043 晓兰的故事
　　 소란의 이야기

065 海仁的故事
　　 해인의 이야기

091 恩智的故事
　　 은지의 이야기

114 当我们变得亲密
　　 우리가 가까워지는 동안

140 当我们走得最近的时候
　　 우리가 가장 친했을 때

160 接续：入学典礼
다시, 입학식

168 接续：恩智的故事
다시, 은지의 이야기

179 接续：海仁的故事
다시, 해인의 이야기

182 接续：多润的故事
다시, 다윤의 이야기

189 接续：晓兰的故事
다시, 소란의 이야기

191 尾声
에필로그

193 作者后记
195 译者后记

分不清天与海的漆黑夜晚，
那黑夜般渺茫的心。
不仅是彼此间的真诚，
就连自己的真心也无法确定。

高중入学典礼 | 고등학교 입학식

    这是晓兰第一次系领带。她竖起衬衫领子，把缠在脖子上的领带两端交叉缠了一下，然后解开；又缠了两下，又解开；反反复复好几次，但不管怎么折腾，就是系不好。她用手机检索了一下"系领带的方法"，然后按照视频中的步骤摸索着把领带缠成了三角形，最后把领带的末端塞了进去。她心想，要是爸爸上班前把领带给我打好就没这么麻烦了。

    今天得穿整洁点。

    毕竟是开学第一天。

    毕竟是新校服嘛。

    蓝夹克配上红蓝交错的方格短裙、窄版蓝领带。这领带并不是简易套头式那种，是正儿八经的领带，所以显得上档次。跟绿色系的初中校服相比，这身高中校服更适合晓兰，很合身。

不像初中校服又短又紧，虽然她没有自己改小，也没买小一号，但那校服确实很紧，勒得人不舒服。

那套初中校服她只穿过两次，一次是入学典礼，另一次是拍毕业照。她平时总穿运动服，甚至参加毕业典礼也没穿校服。花钱买来的校服成了拍照道具，那还不如拍照时租一套，何必定做呢，糟蹋钱！妈妈这样说过好几次。我们家又不是买不起校服，妈妈却总提钱，晓兰有些伤心。

晓兰说："我的入学典礼，你们谁也别来，千万别来！"可妈妈说她已经请好了假，把她的警告当成了玩笑。

"你为什么不征求我的意见？这可是我的入学典礼！"

"我是你妈。你这是说的什么混账话？！"

"明明我哥上高中的时候，你就没去，干吗非要参加我的呢？"

妈妈张开口，欲言又止。但她脸上错愕的表情很快就消失了，变得理直气壮起来：

"我就是想去参加一次自己孩子的高中入学典礼。"

"那个孩子为什么偏偏是我？我已经说得很清楚了，不行！"

"晓兰。"

"你非要去，就再生个三胎吧。十七年以后你就可以去了。"

妈妈看上去很遗憾，也很失望，但她最终还是尊重了晓兰的意愿。

入学典礼那天早晨，跟往日一样，晓兰还在睡梦中时，父母就已经上班去了，哥哥也去了学校。餐桌上放着两张一万韩元[1]的钞票，还有一张妈妈写的字条：

祝贺你升入高中！既然你不愿意让我参加你的入学典礼，那就用钱来祝贺你吧。

校门口，好多人在卖花。毕业典礼当天，高中校门口附近满是卖花的小摊。通向学校正门的胡同及车道旁，一直到马路对面的新荣镇初中门口都是卖花的。结束校园生活就那么值得庆贺？难道比入学还值得庆祝？晓兰揣着妈妈给的钱，走向离校门最远的花摊。

"有两万元一束的花吗？"

老板食指指甲上贴着一个大大的银色星星，看上去很显年轻。她说，那搁板最上面的就是两万元一束的。那是一个很常见的花束，花朵间放着一块用金箔纸包装的巧克力。晓兰拿起一束蓝花，把钱递给老板。老板接过去，礼貌性地说了声"谢谢"。晓兰本想直接走掉，却又停住脚步，回了声"谢谢"。正

1　一万韩元约等于 52 元人民币。以下货币单位均为韩元。——编者注

在摆列花束的老板停下手上的活儿,直直地盯着她。

"祝贺你升入高中!"

老板的声音和表情很真挚,看来她已经认出晓兰是新生了。这是今天晓兰和别人的第一次对话,真心地欢喜、感激,于是对着她笑了笑。

晓兰捧着这两万元的花束,走进校门。不少同学横穿操场走向礼堂,跟晓兰一样,他们大多独自前来。已经过了入学典礼成为家庭庆典的年龄,而且自从实施填报志愿择校制以后,初中同学也不再像以前那样被安排在居住区所属的高中了。看着不太熟的校服与陌生的面孔,心里满是不满与遗憾的孩子们互相传递着拘谨的微笑。想必这些新生大都不希望上新荣镇高中吧。这是一所二流高中,是多数没考上特高[1]或第一志愿被刷下来的学生才会选的学校。

该校所在地——京畿道荣镇市与首尔接壤,属于工业地带。原先的工厂被逐渐迁移到人工费便宜的中国、东南亚国家后,京畿道就和荣镇市联手,战略性地把该区打造成了数码技术产业开发区。随着以地铁站为中心进驻了一些IT企业后,附近原本那些住宅密集区——新荣镇区就蜕变成了公寓区。

---

1 特殊目的高中,以培养具备特殊技能的人才为目的而设立的高中,有外语高中、科学高中等门类。——译者注

荣镇市大部分地区都是厂区和待开发的老住宅，新荣镇却与此不同。它离荣镇数码技术产业区较近，通往首尔的交通也比较便利，所以不少年轻白领都搬过来住。他们收入颇丰，因此新荣镇就获得了"京畿道的首尔""另类荣镇"等别称，不知是美誉，还是嘲讽。这是一处环境洁净、交通方便，各种生活设施很便利的新区。美中不足的只有一个，那就是教育。

从新荣镇区跨过一座桥，就是高考成绩在整个大韩民国都名列前茅、教育热度很高、辅导班密集的多兰洞。新荣镇的孩子们小时候坐班车去多兰洞的辅导班；升到高年级后，就转学到多兰洞的学校。新荣镇的学校，年级越高，班级就越少，班级人数也会减少。这是一个学生们终究会离开的地方。五年前，新荣镇高中打着"建立一所理科重点高中"的旗号而诞生，但学生们的高考成绩并不理想。

最先提议的是学习成绩最好的多润。朋友们都觉得匪夷所思，发出"咦"的一声。

"你不报考京仁外国语高中吗？老师们会眼睁睁地看着你报新荣镇高中？"

"嗯。我就要上新荣镇高中。只要大家都保证一起上那里。"

大家的表情都认真起来。

那是济州岛旅行的最后一晚。她们原本约好等恩智妈妈睡着后一起喝啤酒,但是纯真的孩子们直到最后也没敢动那些不知道什么时候放进冰箱里的罐装啤酒。桌面上摆满了炸鸡和可乐,尽管如此,大家还是感到有些醉意。大家曾经约好"上了初三,我们也要加入电影社团""上高中后,也要保持联系",这次竟然提议"我们上同一所高中"。

"你们谁要报新荣镇高中啊?那所学校只要填第一志愿就能上。我们都能一起上的。"

多润光洁的额头上青筋暴起,很认真地说道。海仁对她扑哧一笑。

"你是为了金尚赫吧?"

"瞎说什么呀!"

"金尚赫上次就说过他准备报考离家最近的新荣镇高中。你们根本没分手吧?"

多润目光闪躲,答:

"说什么呢,才不是。"

"咦,明明就是,被我说中了吧?"

"不是!不是的!我都说了不是嘛!"

多润面红耳赤地大叫起来。海仁有些慌了,脸上失去了笑容。饶有兴趣地看着她俩的恩智和晓兰表情也变得有些僵硬。

多润支起膝盖,把脸埋进去,肩膀颤抖起来。坐在餐桌对面的海仁张大嘴,用口型无声地问多润旁边的恩智:她在哭吗?恩智往后侧身,看了看多润,点了点头。海仁的心情有点儿复杂,既抱歉又尴尬,还略微有些不耐烦,她靠近多润,抱住了她。

"你这么一哭,我多过意不去啊。"

多润缓缓地抬起头,脸上涕泗横流。恩智默默地从饭桌上的纸巾盒里抽出纸巾,递给多润。多润把纸巾折成一半,狠狠地擤了一把鼻涕,然后把纸巾扔到地上,对海仁说:

"你这是哪门子道歉啊?你自己胡说八道就没事儿,我哭就不行了?为了不让你歉疚,我不该哭,是吗?"

"你怎么抓住人家小辫子不放啊?啊,对不起,真对不起!"

多润欲言又止,又哭了起来。海仁似乎是有些倦了,收回了搭在多润肩膀上的胳膊。恩智轻轻拍了拍多润,而晓兰只是默默地看着。多润又抽泣起来。

多润有一个患病的妹妹,她的父母为了照顾妹妹已经心力交瘁了。多润既想让父母少操心,又想得到他们的关注和称赞,主要是她待在房间里实在无事可做,就只有认认真真学习了,因此她的成绩越来越好。但是,即便多润拿到好成绩,妹妹的病也不见好,父母也不会关注她、称赞她。她就只能用交男友来弥补空荡荡的心。谈了分,分了谈。但是,不管跟谁谈恋爱,都超不过一个月。心思细腻的恩智、大大咧咧的海仁、性格淡然的晓兰,她们仨都知道,也都了解多润:她很孤独。

"我跟金尚赫真的结束了,我只是不想跟你们分开,我们都报新荣镇吧。"

海仁依然不当回事。

"好吧,就报新荣镇。填志愿前,我们写个血书吧。"

"你不会是电影看多了吧?"

"既然要做,就得正儿八经的。押上最宝贵的东西做筹码。谁要是不守约,就会失去最宝贵的东西。"

"真是电影看多了。"

海仁和恩智一唱一和的工夫,多润的表情慢慢变得僵硬。

"我可不是开玩笑。"

湿润的海风顺着敞开的窗子吹了进来。这几天来,不知是因为她们几个已经习惯了,还是大海变了,原本海风充斥着一股让人不舒服的腥味,令她们把所有的窗户关得严严实实的,但现在已经几乎闻不到那股腥味了。那是一个如果没有渔船上的明亮灯光就很难分辨出天和海的漆黑夜晚,大家的心都如同那片黑夜一样渺茫。什么都无法确定,不仅是彼此的真诚,就连自己的真心也是。

陷入沉思的海仁,突然开口:

"好吧，我也报新荣镇，我们上同一所高中。"

"我也报！"恩智也立刻响应。

海仁瞅了一眼恩智，长舒了一口气，像是安了心。

成绩好、有条件、有野心……这些孩子抱着不同的目的，都在努力备战中考。实际上，只有晓兰，没什么烦恼，也没什么规划，就准备上普通高中了。

晓兰本想上女子学校。她原本打算以荣镇女高、真理女高、荣仁女高的顺序填写志愿，想着这三所学校虽然竞争很激烈，但总能考上一所吧，只要不是新荣镇高中就可以了。她觉得只要学习氛围浓厚就行，但她不好意思当着大家的面把这些话说出来。就连全校第一的多润都要放弃外国语高中，她还能说什么？这么不起眼的她都不想上的新荣镇高中，多润真的会报吗？

"你呢？"

晓兰怀疑地问多润。

"啊？"

"你得先明确表态，你真的会报新荣镇吗？"

"那当然。我是第一个说上新荣镇的。"

晓兰心中涌起与她们三人交往时的复杂情感：安心、温暖、充实、期待，以及与之相伴的疏离、不安、空虚和失望。不想和她们分开,但也不想跟她们绑定在一起。晓兰想到初中毕业后,这一切就会结束,这让她感到了一丝舒爽,但她又害怕以后成为"孤家寡人"。

在新荣镇中学,多润学习最好,老师们一直对她寄予厚望。晓兰一想到多润以后会上重点高中、重点大学,将来还会拥有体面的工作,就感到有些苦涩。想到此,就很希望她也一起上新荣镇高中。其实,她不讨厌也不嫉妒多润。自小一起摸爬滚打长大的朋友们一个个都去了更好的地方,这让原地踏步的晓兰看上去像在倒退。当她环顾四周,才发现自己不知不觉已经远远地落在了她们后面。晓兰不想再体会这种挫败感。

"那我保证,我也报新荣镇。"

四人约定第一志愿写新荣镇高中。

她们没写血书,而是决定用掩埋时光胶囊的方式来发誓。多润从自己带来的线圈便笺本上撕下一张纸,写上"我们四人第一志愿写新荣镇高中",依次写上名字,并签了名,然后把纸卷好,放进多润带来的圆筒笔盒里,用从橱柜里找来的蓝色胶带牢牢地封住盖子。海仁嘀咕了一声,不知道是询问还是埋怨:"多润为啥旅游还带笔筒呢?"

别墅正在装修,院子很乱。干树叶和树枝散落一地,庭院里的石头高低、大小不一，唯有石墙前的铁冬青排列整齐，顺着墙望去，海边景色尽收眼底。从远处胡同入口也能看到的路灯直直地戳在那里。在路灯的映照下，这些树木的绿叶红果像圣诞树似的闪烁着。她们决定把时光胶囊埋在路灯下，觉得以后即便在装修的过程中会清理碎石，会到处挖土，但总不会动路灯吧。

她们确认了恩智的妈妈还在熟睡后，就从厨房取出勺子，来到庭院，开始挖土。土质比较硬，挖土比想象中要费劲。大家默默地认真挖土。这时，海仁突然唱起了校歌，多润和恩智也自然而然地唱起了副歌。

啊！啊！真理的殿堂，我们的新荣镇……

多润捧腹大笑，笑得躺在了地上。

"我们在做什么？我们为什么深更半夜用勺子挖土呢？如果被别人瞧见了，还以为我们疯了呢。"

"啊，不行了，笑得我掉眼泪了，怎么办？李海仁，为啥唱校歌，你不是不喜欢学校吗？"

"你们不也跟着唱了吗？"

海仁和恩智也瘫坐在地上。唯有晓兰强忍住笑，继续挖起土。明明没什么可笑的,她们几个却因为笑个不停,好一阵没回过神来。

　　她们约好一年半后,也就是高中一年级暑假时,回到这里把胶囊挖出来。意即未能遵守时光胶囊约定的人,将不能跟她们共度那个假期。在那个年龄段,盟誓至高无上。那个二月的夜晚,她们只有十六岁,感受到的却是从未有过的孤独、疲惫和莫名其妙的恐惧。在软磨硬泡父母一个多月才实现的济州岛旅行中,就在那个夜晚,孩子们以最重要的事情做担保,立下盟誓。但是,她们的心里并不踏实,这既与朋友有关,也与自己相关。

　　新荣镇高中大礼堂的天花板很高,即使是很小的声音也会嗡嗡作响。大多数新生都已就位,家长席却空荡荡的。晓兰把脸埋进那已无香气的花束中。

"晓兰啊!"

是熟悉的声音。

晓兰的心猛烈地跳动起来。

时至今日,发生了太多的事情。

小区上空升起了一轮红月。
拉长焦距拍摄的照片,色彩模糊,
皓月当空,令人感到一丝神秘。
原来这就是血月(bloodmoon)啊。
此后,月亮就会恢复原貌。

多润的故事 | 다윤의 이야기

"金多润,能跟老师聊一会儿吗?"

班主任表情僵硬。多润像惹了祸似的低着头,静静地跟着老师出了教室。昨天京仁外国语高中公布了录取结果,多润榜上无名。尽管班主任会很失望,但也不至于训斥多润吧?同学们疑惑地望向多润。

坐在前排的同学朝晓兰转过身来,他竖起眉毛,歪着脑袋,像是暗示她说出实情似的。晓兰吓一跳,猛地身体后倾,说:

"看我干吗?"

"老师为什么叫多润过去呢?"

"我怎么知道?"

"咦,还有什么是你不知道的,你们四个不是死党吗?"

晓兰的同桌不冷不热地插了一句。

"什么死党呀，她们几个最近关系可不咋地。车晓兰，你是不是跟金多润'分手'啦？"

"我俩就没'谈'过好吗。"

晓兰漠然地回答，脸却红了起来，深深地低下了头。

多润第一次来到洽谈室。木质门牌上用圆润的字体写着"洽谈室"，边框上画着淡绿色的树茎、深绿色树叶和红色的花。木牌下方，贴着相同字体的说明事项：

"本洽谈室面向全体师生开放。"

隔着硬邦邦的铁质书桌，班主任和多润相对而坐。班主任用手反复按压圆珠笔的笔头，笔芯不断伸出来又缩回去。

"老师没生气。"

看来老师生气了啊。

"老师叫你来，并不是想教训你。"

看来老师是要教训我啊。

"我只是感到不解。"

看来不回答，出不了这个门啊。

"你为什么没去面试？"

尽管这话已在意料之中，多润的眼泪还是啪嗒啪嗒地掉了下来。多润自己也感到惊慌，赶忙用手背擦眼泪。她在学校哭了太多次。她不想让学校知道自己的家庭情况而被视为可怜的孩子。她咬住下嘴唇，努力控制情绪。看着多润这副模样，班主任的眼里充满了怜悯。

"看来这件事确实另有隐情啊。"

班主任想起去年春天的事。那是中学英语的第一课，为了缓解大家紧张的情绪，老师将迪士尼动画片中的英文歌曲作为教学内容。不知是出于害羞还是幼稚，孩子们都不开口唱，这时老师发现，竟然有一个学生用手打节拍，认真跟着唱歌。老师故意点她回答问题，问了她的名字。"我叫金多润。"那个尚未褪去小学生稚气的孩子并没有含糊其词，而是清清楚楚地回答，显得那么可爱。

是个聪明伶俐的孩子啊。后来，老师了解到她学习很好，还得知了她家的情况。老师一直很关心她，到了初三，还当上了她的班主任。老师心想，多润喜欢英语，而且英语成绩也不错，要是能考上外国语高中就好了。但是，让年幼的多润独自准备特高的入学考试，是一件很难的事情。

说句实话，为了多润，班主任还特意举办了英语演讲比赛和英语现场写作比赛。不仅如此，班主任还推荐她参加了青少年模拟联合国会议以及为外国游客游览景福宫做导游的志愿者活动。这样，多润的履历就充实了起来。班主任和多润还一起坐在笔记本电脑前面填写申请表，每周还做两次模拟面试。但是，多润竟然没去参加那场真正的面试。

"凭你的实力，不可能落榜。我实在感到不解。你不想上那里，是吗？"

多润摇了摇头。

"凑学费困难？"

多润再次摇了摇头。

"对别人可以不讲，但对我不应该保密吧？"

多润从口袋里取出手机。她打开一条短信，把手机推到班主任面前。班主任接过手机，查看内容后，不解地歪着头，好一会儿，才"啊"地张开嘴，结结巴巴地问：

"妹妹病了？"

多润用门牙咬住干巴巴的嘴唇，默不作声。

"这不是你妹妹的名字吗？"

"可这条短信并不是妈妈发的。"

班主任一脸不解。明明这条信息的前后都是多润和妈妈互发的短信。

"虽然是妈妈的手机号，但不是妈妈发的。不知道是谁发的。"

面试前一天，妹妹整夜咳嗽。多润心想：本来就紧张得睡不着觉，她还一直咳嗽，真是有点烦人。现在，妹妹的咳嗽声就是换季的预告，春天要来了，冬天要到了，跟闹钟、手机来电铃声一样。

当然，多润曾经也很挂念妹妹。妹妹粗重的喘气声和轻微的咳嗽声都会让她感到揪心。妹妹熟睡时，她会把手指放在妹妹鼻孔处，确认她睡得是否安详；为了感受妹妹的脉搏跳动，她会抓着妹妹的手腕走路。而且，多润生怕妹妹一哭就会犯病，都没敢跟她痛痛快快地吵过架。只要妹妹面露不快，多润立刻服软、妥协、道歉。

妹妹出生前，多润一家人跟奶奶住楼上楼下。奶奶几乎代替忙于上班的父母抚养了她。奶奶喜欢穿羊毛衫、吃面，喜欢边听经典老歌边读报纸。奶奶膝盖不舒服，因此行动不便。

多润上午去托儿所，下午在奶奶家里看电视、翻看连环画、叠彩纸。多润明明知道小朋友们都会在附近游乐场玩到天黑，但她一次也没缠着奶奶去那里玩儿。但是，有一天她突然说了一句"好孤单啊"。年仅五岁的多润竟然说太孤单了，希望能有个弟弟或妹妹。父母直到那时才决定生二胎，仅仅因为听到她那句话。

多润自从得知妈妈的肚子里怀着胎儿，每天早晨和晚上都摸着她的肚子，祈祷"生个妹妹吧"。而且，每到晚上她都朝着妈妈凸起的肚子唱歌、读绘本,还歪歪扭扭地在上面写自己的名字——金多润,不过她总是写错,最常把自己的名字错写成金多温[1]。被挠得发痒的妈妈忍俊不禁,看到妈妈样子觉得好笑的多润也在床上翻滚着开怀大笑。在妈妈请产假的那一个月里,多润也一同期待着妹妹出生。不管是多润,还是妈妈,都觉得那是她们最幸福的一段时光。

在一个雨雪交加的平安夜凌晨,如上帝恩赐般的妹妹——多情出生了。如多润所愿,是个女婴。但到了春天,她那小身躯就咳嗽起来。多情的咳嗽一直不见好,连呼吸都困难起来。妈妈为了照顾妹妹,从单位辞职了。而且,他们一家也离开了奶奶家,搬到了多情经常"光顾"的综合医院附近。

多润希望早日跟妹妹一起玩。以前妈妈每天早晨都用不同颜色的皮筋给她绑小辫儿,用小勺给她喂饭,还用沾着水的手给自己擦鼻涕。但妈妈现在日夜照看妹妹、整天被她拴着。尽管那样,多润也没闹脾气。她只是静静地盼望。但是,多情没能康复。

犹如插在书架上久久没人翻看的图书的书脊会褪色一样,多润的这种心情渐渐地消逝了。为什么不夸我了呢?好像是在

---

[1] 韩语金多润(김다윤)和金多温(김다운)韩语拼写十分相似。——校译者注

初中一年级的寒假，她开始有了这种念头。

多情的喉咙发出喀喀的痰声。妈妈打开刚刚响起煮饭完毕提示音的电饭锅，急急忙忙盛饭，把沸腾的汤放在饭桌上，跟多润说了一句"你先吃"。然后，妈妈就把妹妹抱进整个冬天暖气加湿器全开、恒温恒湿的里屋。

多润独自坐在饭桌边。听着里屋里传来妹妹烦闷的哭泣声，她愣愣地盛一勺汤放进嘴里。太烫了，她就像触电似的蹦起来。多润虽然打开冰箱，取出了水瓶，但小手够不到搁板上的水杯。嘴里像被火烧似的难受。情急之下，多润直接把嘴对着瓶口喝起来，可水一下冒出来，把她的衣服都弄湿了。虽然需要帮助，但妹妹又开始咳嗽起来，她不敢叫妈妈。

多润穿着湿衣服，呼呼地吹着气吃完饭、喝完汤，把空碗、汤匙和筷子都放进水槽，静静地坐在椅子上。过了许久，妈妈把睡着的妹妹放在床上，浑身是汗地从里屋走了出来。蓬头垢面的妈妈默默地看着多润。多润先开口：

"妈，我衣服上沾了点水。"

"哦。"

"汤太烫了，就取出凉水喝了。"

"哦。"

多润本想再说什么，但妈妈只是应付而已，没接话茬。多润又说了一句：

"我想用杯子喝水来着，但又够不着，就直接对着瓶口喝了。喝水的时候，还洒了些。"

"什么？你直接对着瓶口喝的水？！"

妈妈突然发火。她怕吵醒好不容易入睡的妹妹，尽力压低声音。

"再怎么样，也不能那么做呀。家里共用的水瓶，你竟然直接对嘴喝，像话吗？你应该叫妈妈取杯子啊。为啥那么没脑子？先赶紧把衣服换了！"

妈妈从阳台晾衣架上取下内衣，递给她。当多润把晒得硬邦邦的内衣翻过来时，发现长时间放在晾衣架上的衣服上飞起了灰尘。多润的湿衣服穿在身上，浑身颤抖起来。从换衣服，到把湿透的衣服放进阳台洗衣机前的洗衣筐，多润都是独自完成的，妈妈全程一动没动，只是靠墙坐着。

"我自个儿扣了纽扣，换下的衣服也放进洗衣筐里了。"

"知道了。"

原以为妈妈会表扬自己一通呢。多润这才明白：再怎么努力，妈妈也不会夸自己。她觉得现在比妹妹出生前还孤单呢。

"要是多情能康复就好了。病要是好不了，她就那么消失掉就好了。真后悔让你生妹妹。"

多润的故事　027

伤心之下，多润冷不丁说了这么一句，之后才感到害怕，看来得挨妈妈的训了。但是，妈妈既没训斥她，也没朝她发火。说不定妈妈也是这么想的。过了一会儿，妈妈才低声说：

"久病床前无孝子啊。"

但是，妈妈，我可不是多情的孩子。你也不是她的子女，而是她的妈妈，而且，你还是我的妈妈呢。

参加京仁外国语高中面试的那天早晨，妈妈睡眼惺忪，熨着校服衬衫。餐桌上摆放着杂粮饭、大酱汤和香肠。多润从冰箱里取出整盒的鳀鱼菜和泡菜，放在餐桌上。

"妈妈，你吃早餐了吗？"

"我熨完这个再吃。昨晚躺在多情身边就睡着了。幸亏你自己洗了，不然差点儿要穿着发黄的衬衫去面试了。"

原来妈妈还记得多润今天有面试啊。但不能穿校服去面试。多润实在不好意思开口说自己不能穿她正在熨烫的衬衫。她只是用筷子夹着粘在饭碗上的米粒。妈妈不好意思地笑着说：

"对不住，没能给你做一顿美餐。妈妈买了青花鱼，晚上用陈辣白菜给你炖鱼吃。"

"我不是那个意思……"

妈妈抬头望着多润，双眼凹陷。妈妈晚上照顾患病的二女儿，早晨熨大女儿的校服，睡不好也吃不好。妈妈还不到四十岁啊！但是，多润也才十六岁呢。

"我不能穿校服去。听说面试的时候，外面还得套夹克呢。不能让面试官知道考生是哪所中学的，也不能穿校服，这样才能做到公正。"

"啊，对呀。你说过的，我才想起来。"

一开学，班主任就两次约谈妈妈，但妈妈都推掉了。一次是因为多情住院，另一次是因为妈妈身体不适。在多润看来，妈妈病得并不严重。反倒是班主任为多润升学的事儿更焦心，妈妈却漠然地说："听说现在学生们不怎么报考外国语高中呢，万一被刷下来，是不是就得上根本不想上的高中呢？"

"多润啊，你想去京仁外高吗？听说外国语学校将会被取缔呢。你报荣林或荣镇女子高中，不也挺好的嘛。"

跟老师面谈后，妈妈改变了想法。班主任说服了妈妈：一旦扩大定期招生，对优秀学生来说选一所能提高高考成绩的学校尤为重要，而且还要考虑学校的整体水平；对很难全身心准备高考的家庭来说，更应该报考悉心育人的学校；像多润这样优秀的学生在新荣镇区读书，简直是屈才。班主任还向妈妈保证：从填写志愿到准备面试，一切都包在自己身上。

"对我们来说，这样的机会，非常难得。只要我家多润考上这所高中，妈妈就再也没有什么奢望了。"

多润记不清妈妈已经多久没有对自己的事情这么上心了，眼神放光了。多润既欢喜，又委屈。似乎是受这心情驱使，她开始填志愿，准备面试。

校门口的马路上挤满了汽车。与多润年龄相仿的学生陆续下车。大多数学生都没有父母陪伴，但也有一些学生是两个人挽着胳膊或手牵手走进去的。他们大都满面红光，昂首阔步。可能是期待和紧张使大家有些亢奋，他们的行为看上去有些夸张、别扭。

入场结束时间是八点三十分。现在进去，八点多就能到候考室吧。就在这时，多润口袋里的手机振动了。

"多情身体很不舒服，我们现在在上次那个急救室。"

是妈妈的短信。多情定期去医院，偶尔病情突然恶化也会临时过去，严重时还会被送往急救室。多润正站定看短信时，耳边突然传来一个再平常不过的女子声音。

"女儿！女儿！"

多润环顾四周。一辆白色轿车上，有位女士从车窗里伸出胳膊。即便是不懂汽车的多润，也能看出那是一辆老式车，但车子擦得锃亮。

"琳儿！我的琳儿加油！"

一个走在多润前面的女孩儿转身朝汽车挥了挥手。

那个女孩儿叫什么呢，是慧琳、美琳，还是幼琳？多润的妈妈也曾管多润叫润儿，但那是很久以前的事了。

多润摁住通话键，但没等妈妈接电话就挂断，跑向地铁站。她急匆匆地过了检票口，刚进站台，地铁就驶进来。地铁上不久就有了座位，但她不想坐，一直站着。地铁快到医院前面的地铁站时，妈妈打来了电话。

"你给我打电话了？到了吗？面试还没开始吧？"

"你在哪儿？"

"能在哪儿啊，在家呗。问这个干什么？"

"多情呢？"

"去上学了。问这个干什么？冷不丁的。有什么事吗？"

"你不是给我发短信了吗？"

"短信？什么短信？"

"短信，刚才，你没发吗？"

"你说什么呢？多润，有什么事吗？"

"啊……没事，我待会儿再给你打。"

现在是八点五十分。再返回学校大概是九点三十分吧？到时候，恐怕候考室的大门早已经关闭，面试也早就开始了。多润在下一站下了车,犹犹豫豫地坐上了返程地铁,地铁开向面试场所。但是,多润到站也没下车。她一直坐到了终点站,失魂落魄地坐在站前的乐天利[1]里,待了好长一段时间,才坐地铁回了家。

多情正坐在餐桌前读书。妈妈坐在旁边,剥了橘子,一个个地剥掉白丝,把橘瓣放进多情嘴里。多情依旧把视线固定在书上,只是张开嘴接妈妈剥的橘子吃。妈妈问多润面试怎么样,她只是简短地说了声"不怎么样",就闭上了嘴。她往返于浴室和客厅,妈妈偷偷地看着她,虽然满腹疑问,但什么都没问。

多润晚饭也没吃,一直待在房间里。她时隔很久拿出了上次万圣节前夕恩智送给自己的彩色活页本。

十月的最后一天,恩智、晓兰、海仁、多润去辅导班前,在学校便利店前面的椅子上坐了一会儿。在她们面前,两个脸颊上画着骷髅的小屁孩儿走了过去。之后,穿戴着黑披风、尖帽、恶魔角发箍等的一群孩子呼啦啦地从一座楼里蜂拥而出。直勾勾地盯着这群小孩的多润说道:

"啊,今天是万圣节前夜啊。我们上小学时,每到万圣夜都玩得很开心。"

---

1 乐天利,韩国乐天集团旗下的连锁快餐企业。——编者注

对她们来说，与圣诞节相比，更喜欢万圣夜。因为圣诞节是法定休息日，朋友们见不到面，而且一旦开始不相信世上有圣诞老人，圣诞节就变得没什么意思了。而每到万圣节，英语辅导班就会举办聚会。上幼儿园时，会跟着老师逛学校附近的店铺，要糖果；上小学时，用词汇考试时积攒的积分买便宜的学生用品或零食、买老师们做的辣炒年糕，还会做面部彩绘。

"Trick or treat（不给糖就捣蛋）？"

恩智冷不丁地问海仁。

"神经病啊你。"

海仁满不在乎，这事看似就这么翻篇儿了。就在这时，多润提议：我们几个一起办个活动吧。恩智则提议：我们互赠一件没有用处的礼物吧。

一周后，多润送了海仁一条男性平角内裤，被评价"好变态"。海仁送了晓兰一盒幼儿英语磁带，附言说：里面录的不是英语，你听了肯定会大吃一惊。晓兰就疯狂在网上查找能播放录音带的地方。当晓兰送给恩智一张防弹少年团（BTS）的交通卡时，海仁发出尖叫，非吵着要求换礼物。这件礼物，恩智不需要，但海仁是 A.R.M.Y[1] 的一员，很需要它，所以要求互

1　防弹少年团的粉丝团被称为 A.R.M.Y，有防弹衣的意思。——编者注

换。多润强烈反对交换礼物,她问海仁:

"李海仁,你对什么都不在乎,怎么偏偏对这辈子都很难见一面的艺人这么狂热呢?"

"就因为一辈子都很难见一次,所以不会有什么乱七八糟的纠缠,多好。"

"你把追星的一半心思花在我们身上,好吧?"

"才不呢,那样我多没面子。"

"真是的。"

当天,恩智送了多润一本彩色活页本。大家都调侃这根本不算没有用的礼物,不符合本次活动的宗旨。但是,多润说对绘画不感兴趣,还是收下了礼物。

多润用粉、红、蓝三种颜色涂色,为了使花蕊更加明显,还在盛开的花瓣上涂了阴影。最后,她用自己很珍惜的金色点缀雌蕊末端,可笔芯突然就断了。这是怎么回事?自己在削铅笔的时候并没有让笔芯露出太多,也没有比平时更用力,但笔芯还是断了。世上原本就会发生这样的事情:本人并没有粗心大意,也没有轻率盲动,却还是会搞砸。这时候,大多数人都会说"倒霉"。

跟着班主任一起去洽谈室的多润,直到第一节课上课,才悄悄地推开后门溜进教室。孩子们好奇地回头张望。多润的同桌低声问:"怎么了?"多润没回答,只是摇头。晓兰和多润并排坐着,中间仅隔着一条过道,她却不看多润一眼,目不斜视地望着讲台上的老师。

到了休息时间,几个同学聚在多润身边;晓兰脱下连帽卫衣把头蒙上,趴在书桌上。由于她把胳膊伸过头顶,衬衫下摆从裤腰中露了出来。一名男生硬要从晓兰身后过去,用脚碰了碰她的椅子,她仍旧趴着,脚上及臀部用力,把椅子往前挪了挪。那个男生慢腾腾地穿过她身后,还咯咯地笑。她这才明白对方的用意,一把推开椅子,腾地站了起来。男生跟晓兰的椅子及后排的书桌一起"哐当"一声摔倒在地。尽管如此,他还是冲着晓兰龇牙笑着。

"烦死了!"

晓兰把卫衣甩到那个男生的脸上,走出教室;男生则把鼻子贴在她的衣服上使劲地闻。尚赫大步走过来,抢回衣服并放在晓兰的书桌上。然后,踹了那个男生一脚。

"打住吧,你个变态。"

尽管身边发生了骚乱,多润却一眼都没看,很令人费解。她只是静静地凝视着正前方的某处。同学们都在想:看来多润和晓兰果真闹掰了。或许,跟尚赫也有关系吧。

尚赫是多润的最后一任男友。二人在升初三之前就分手了。他俩交往了五个多月，可以说是多润谈的时间最长的男友。但是，一年级时他们交往了两个月就分手了，二年级末时又"破镜重圆"，其间隔着漫长的寒假，所以他俩实际相处的时间也只有两个月再加一个月而已。

一年级的时候，尚赫提出交往；他俩分手后，尚赫看着多润频频更换男友的样子，就瞅准间隙，向她提议复合。两人倒是复合了一阵，但后来，多润还是提出了分手。当多润说"现在我们得备战中考了……"尚赫就摆出已经放弃的表情，说"知道了，知道了"，挥了挥手。

"以后你若改变想法，又想交男朋友，就直接联系我吧。"

多润总是挺直腰板端坐。由于大多数同学都弯着腰趴在书桌上，所以在教室里，多润非常显眼。她看上去过于开朗，但小心翼翼和犹豫不决的情绪也总是忽隐忽现地藏在她的理直气壮之中。当然，她之所以能创下新荣镇中学恋爱经验最丰富的纪录，并不仅仅是因为她能给人好感以及出人意料的魅力，还因为她来者不拒。

多润刚上初中就交了第一个男朋友，是坐在过道对面的一个男生。那个男生直到老师进教室才慌忙准备听课，一慌张就把教科书掉在过道上，笔盒则落在书桌下。多润捡起教科书，放在那个男生的课桌上。男生想说一声"谢谢",就一直偷瞄多润,寻找合适的机会。四目相对时,他却紧张得说不出话来。多润对无心听课、只关注自己的男生低声说:

"看前面。"

男生被多润这副样子迷住了,就向她表白,多润欣然接受。她只是喜欢下课时有人等自己,能在辅导班听课时抽空给人发短信,有个人喜欢自己、想牵自己的手而已。但是,这种情感未能维持一个月。先是感到无聊,后来感到厌烦,就分了。分手后,别的男孩儿向她告白,她也欣然接受了。如此反复。

二年级的时候,晓兰和多润被分到同一个班。某天休息时,晓兰半躺半卧地靠在椅子上看手机。她偶尔看看窗外,瞅瞅喧闹的同学们。

坐在前面的多润和男友四目相对,还牵着手。看着他俩相望无言、咧嘴傻笑的样子,晓兰心想:看你俩能谈几天,真是不像话。就在这时,二人"啵"的一下亲上了。

在新荣镇高中的每个班级,不良学生与好学生并无明显界限。谈恋爱的、化妆的、抽烟的、不听课的学生与绩优生、班级干部并没有明显差别。有些学生既谈恋爱,学习又好;有些既是班级干部,也抽烟;甚至有的学生不好好听课,成绩却很好。大人们总想把他们分类,但孩子们并不能被如此简单地划分。明明知道这个道理，晓兰还是被多润的行为吓到了。这时，晓兰的同桌说了一句：

"喂，你们这些疯子，回家亲热去！"

多润回头笑了笑。

"我们没家才这么做的。"

同桌"嘀"地发出短促的叹息，嘀咕道：

"金多润真是一朵鲜花插在了牛粪上，可惜了。"

晓兰脑海里浮现多润的历任男友，没几个能记得起来。没有任何存在感的、没特点的、没魅力的，她唯一觉得不错的只有尚赫。尚赫不说脏话、不插队、笔盒里总放满学习必需文具，穿着体面，书包边角和室内鞋鞋面总是很干净。多润说："尚赫去洗手间，每每都用香皂洗手。"

"你怎么知道？"

恩智诡异地笑着问。多润则以迷蒙的眼神回答：

"他手上有香皂味儿。"

然后，她换个坐姿，补充了一句：

"我对男人还是有所了解的，散发着香皂味儿的男生肯定不错。我还是第一次看见用香皂洗手的男生呢，更何况他们当中洗手的人都很少。"

"洗手是应该的，不是什么值得夸奖的行为。不管怎样，还是你的眼光太低了，洗手算啥呀。"

海仁摇了摇头，觉得很不像话。

晓兰心想，尚赫确实不错。晓兰与尚赫在小学六年级是同班同学。当时他就拥有现在的所有优点，感觉随着时间的流逝，这些优点也都日益凸显。对于尚赫，她的印象仅此而已。但是，好像同学之间竟然流传着晓兰喜欢尚赫的传闻。

当初，晓兰还自嘲：我喜欢尚赫？还不如说我喜欢多润呢。大家对我真是偏见颇深啊。但是，这种传闻一直不断。当然，晓兰觉得尚赫不错。但这种不错的感觉和那种喜欢的感觉能一样吗？

妈妈没给多润发过短信，多润却收到了妈妈发来的短信。这到底是怎么回事？在一个妹妹已经入睡的夜晚，在堆满速溶咖啡、薏米茶、大大小小的袋装饼干、妹妹的药以及各种补品的四人饭桌前，未能入眠的三个人坐在了一起。不知怎的，一坐在父母对面，多润就觉得自己要挨训。妈妈给多润杯子里倒上了水，顺势坐在多润旁边。

"多润爸爸，你有没有得罪过人啊？"

"得罪我的人倒是不少。"

"你还有心思开玩笑？"

"没开玩笑。"

妈妈一口气喝了一杯凉水。

"我去移动通信公司和警察局了解了一下,得出的结论就是,只有我们正式报案并要求查案,他们才会调查。"

好久以前就开始禁止匿名或冒用他人手机号打电话了。这不是冒用他人手机号发的恶作剧短信,而是有人盗用妈妈的个人信息,算是较严重的犯罪行为了。所以,爸妈反而不敢报案了。

"一条短信而已。对方并没勒索钱财,也没恐吓。而且,除了多润,也没别人接到类似的电话或短信。也就是说,那人非常熟悉我们一家人的电话号码、家庭状况,甚至连多润填报的志愿及面试日期都知道⋯⋯"

越说越激动,妈妈开始语速变快、嗓门变高。她突然很不自然地闭住了嘴。多润似乎听出了妈妈话中有话。爸爸问多润:

"你心里有怀疑的人吗?最近跟朋友吵过架吗?"

多润摇了摇头。

"多润啊。上次来家里找你的那个男孩儿⋯⋯啊,算了,没什么。"

妈妈没再说下去。多润咬着嘴唇苦思冥想,然后问:

"爸爸,抓住那个人后,如果发现对方是我认识的,或是同班同学的话,初中生也会受罚吗?"

"免于刑事处罚的年龄,好像是十四周岁吧。你今年十五周岁了吧?"

"那他是不是上不了高中?"

"不至于吧。反正警察会调查,学校也可能会处罚那个人。"

"但我害怕。应该是我认识的人。如果是那样,我以前做的事情就全都会被抖搂出来。即便揪出肇事者,那所学校也不会再给我面试机会的。"

爸爸攥紧了拳头又松开,舔了舔嘴唇,这是他强忍烟瘾发作时的习惯动作。多润也一直紧咬嘴唇。那是一个漫长而难熬的夜晚。

经过长时间的考虑,多润父母长叹一口气,决定这次就先放过这个肇事者。他们说:以后再发生类似事件,不管是谁收到短信,也不管是什么内容,直接报警。妈妈还更换了手机号。

学校这边也束手无策。班主任也想,这分明是多润身边的某个人做的,那人极有可能是她的某个朋友。也就是说,是我们新荣镇中学的学生,因此只能更加小心谨慎地处理此事。更重要的是既然受害者本人不主张严查肇事者,老师也不能贸然出头。

虽然这件事已告一段落，但这个消息立刻在学校里传开了。而且，同学们都开始怀疑晓兰——那个跟多润一起玩的女生，整天形影不离的"四人帮"中的一员，就是那个文静的女孩儿，四人中学习成绩最差、话最少、中等个子、长相很平凡的女生，一个没有任何"绯闻"而默默无闻的女孩子。咦，听说她喜欢尚赫？

晓兰的故事 | 소란의 이야기

举行初中入学典礼的那天早晨,晓兰反锁房门,哭泣不已。尽管妈妈多次敲门、哄劝、发火,都不管用。爸爸本可以用钥匙开门,但强忍怒气,平静地说:

"为了参加你的入学典礼,爸妈今天特意请了假。你先出来,我们聊聊。如果你总是这副样子,爸爸只能撬门进去了。"

东柱对妹妹的反抗及爸爸的愤怒毫不关心,只顾吃饱早餐。这时,他却插了一句:

"我敢打包票,爸爸,你现在撬开那个门,晓兰肯定会跟你彻底决裂。"

东柱一直吃到上学快要迟到时,才慌忙把脚伸进运动鞋里,没等穿好就急急忙忙地跑了出去。爸爸转动了一下晓兰房间的门把手,然后回到客厅,坐在沙发上。妈妈在爸爸身边坐

下,低声问"怎么办?"爸爸给妈妈递个眼神,朝晓兰的卧室大喊:

"晓兰,爸爸妈妈要去看电影,要不要一起去呀?"

过了一会儿,晓兰的卧室门开了。她低垂着头穿过客厅,去了洗手间。水声响起,她头上裹着毛巾从洗手间走出来,站在父母面前。

"我去参加入学典礼。"

然后,低声补充道:

"对不起,我太固执了。"

妈妈扑哧一声笑了。

"小心感冒。你先吹干头发,穿上衣服。妈妈烤一点面包,我们边吃边走吧。"

当那些小学同学转学到多兰洞的时候,晓兰虽然感到惋惜,但很快就适应了。但是,参加一场就连一个可以合影的小伙伴都没有的毕业典礼,是另一码事。被人抛弃的感觉,恐怕在这次入学典礼也能感受到吧。

在入学典礼引导牌前,晓兰给爸爸妈妈照了相。作为今天的主人公,晓兰却说眼睛肿了不想照,自始至终没照一张。

上幼儿园的时候,晓兰一直是最后才被接走的两个小孩之一。每次到了晚上七点十分,两个已穿好衣服、背起书包的孩子，在位于一楼门口前面的草叶班[1]教室里，会跟值班老师一起读绘本。

其中一个孩子的头发只用皮筋随便一扎，一半的头发都是散落的，上衣前襟和袜子上沾满了饭粒，衣袖上也满是签字笔和蜡笔的痕迹；另外一个孩子则好像一整天没玩、没吃饭、没睡午觉似的，不仅是衣服，就连头发、脸都很整洁。二人的母亲气喘吁吁地跑过来，看到她们的这副模样，总对别人家的孩子感到新奇。邋遢的是晓兰，干净的是智雅。

两个孩子都害怕最后剩下的是自己，所以处得很不好。她们要么不问青红皂白，揪着姗姗来迟的妈妈的头发哭闹，要么拍打一下先走出教室的伙伴的后脑勺。有一天，晓兰妈妈向老师鞠躬感谢，抬起头时，看到了智雅。她笔直地坐着，倒拿着绘本。

"我们稍微等一下，等她妈妈来接她了，一起走好吗？"

晓兰不解地看了妈妈一会儿，然后扭扭捏捏地坐到智雅身边。两个孩子紧挨着头，很认真地看起了倒拿着的绘本。从此，晓兰和智雅会一起玩到两位妈妈都到后，才手拉手地走出幼儿园。

---

[1] 韩国幼儿园班级的名称。如"蓝天班"是四岁生，"大海班"是五岁生，"草叶班"是六岁生等。——译者注

她俩上了同一所小学及辅导班。有时也会吵得不可开交。晓兰什么都跟智雅比,所以晓兰开始有些讨厌她。智雅嘴上说没好好学习,每次却都能考出好成绩,晓兰有一种被她欺骗的感觉。她俩互相伤害对方,也共同治愈心灵上的创伤,一同长大。

五年级的寒假,二人在同一栋楼里的数学与英语辅导班,一天连续听了四节课。辅导班的进度已经到了即将结束初中一年级课程的阶段。到了假期,父母照样上班,孩子们也不能整天待在家里,就上了辅导班,因而提前学习了高年级的课程。在课堂上,晓兰有一半都听不懂,剩下的时间,有时候在开小差,最后听懂的,也就只有四分之一。好几个小时一直在听不懂的课程,晓兰感到很累。

晓兰一坐上班车,就把头靠在窗户上闭上眼睛。大巴一颠一颠地跑了大半天,智雅只是静静地坐在晓兰身边。当晓兰睁开眼时,巴士已经开过了智雅住的小区。

"你家已经过了。"

"要不我们去你家小区的店铺,吃个冰激凌?"

"不冷吗?"

"那吃辣炒年糕?"

"不,吃冰激凌吧。"

当她俩快要吃完冰激凌的时候,智雅一边用勺子刮着玻璃碗底,一边说:

"我要搬家了。"

智雅深深地低着头,直瞅着玻璃碗。晓兰也用勺子刮了刮碗底。融化的冰激凌流进勺子后,又流了出去,如此反复。

"什么时候?"

"放春假[1]的时候。"

"还转学?"

"嗯。"

智雅长长地叹了口气。

"辅导班还是继续上。你可别上别的辅导班,记住了?"

辅导班在多兰洞。智雅说继续上原来的辅导班,看来她家要搬到多兰洞。在辅导班上课前及上完课后,她俩经常买零食吃,在小吃店里买辣炒年糕,在便利店买碗面、三角紫菜包饭等,偶尔还在游乐场荡秋千。这些事都是她们在新荣镇做的。

她们的生活很简单:坐班车去辅导班,再返回新荣镇。因此,对多兰洞的总体印象就只停留在通过车窗看到的街头及透过辅导班窗户看到的建筑物,感觉像电视屏幕或相框里的风景。

---

[1] 春假,一些学校在春季放的假,通常在三月底四月初。——编者注

但是，跟晓兰四目相对、牵手聊天、玩乐打闹的朋友们都一个一个地进到那风景里。

"我不想搬家，也不想转学，为此还跟妈妈大吵了一架，一个多月没说话了呢。妈妈说，已经找好了新房子，而且转学手续已经办完了，我实在没办法。"

晓兰只是静静地听着。智雅要哭，晓兰虽然也想哭，但她忍住了。我俩的关系应该会疏远吧。不再一起上下课，也不再乘坐同一班班车，也不会抽空一起吃零食。尽管还是上同一个辅导班，关系也很快就会变得陌生。

这时，智雅妈妈打来电话。智雅回答说：已经上完课，正在跟晓兰吃冰激凌呢，待会儿去一趟别的地方后再回家。智雅妈妈似乎在问她：你要去哪儿，需要多长时间。智雅稍有点不耐烦地说："你不用管，一会儿就回家。"晓兰心想：智雅应该是还有别的事情要办吧。

当她俩从冰激凌店出来的时候，下雪了。雪花宛如小动物的茸毛般柔软，随风四处飘散。晓兰戴上夹克兜帽，智雅眼睛通红，却笑嘻嘻地跟着晓兰，也把兜帽套在头上。智雅跟晓兰十指相扣，说：

"跟我去一个地方呗。"

晓兰被智雅抓住右手，静静地跟着她走去。出了小区，横穿大街，穿过街边的公园。当她俩走进这一带最老旧的公寓时，雪下得越发大了。晓兰好像明白智雅要去哪儿了。

孕育儿童梦想的地方——大爱幼儿园

一站在牌匾下，晓兰再也忍不住，眼泪掉了下来。智雅蹲坐在地，把脸埋在双膝间，号啕大哭起来。过了一会儿，智雅好不容易平静下来，问晓兰：

"你还记得吗？"

晓兰摇了摇头。

"说句实话，我也记不大清了。"

记得这条下坡路很陡，五年后再走这条路，觉得它无异于平地。雪花纷纷落下，厚厚地积在两个孩子的头顶、肩膀和书包上。

晓兰眼前清晰地浮现出从未见过的场景：太阳早被吸进地面，暗红的夕阳懒散地悬在地平线上，两个矮矮的小孩子漫步在夕阳之下，她俩小手紧握。有你在，真是万幸。

晓兰缠磨父母要搬到首尔。不，确切地说，是要搬到多兰洞。其实就算晓兰不说，东柱上初中后，妈妈确实有一段时间仔细地考虑过这个问题。之前，晓兰的妈妈不理解邻居们：你们为什么要搬到高考成绩好、辅导班密集的地方呢？她认为，不管在哪里生活，成绩取决于自己的努力。但是，东柱在学习上越来越吃力了。明明上小学时成绩还挺好的，一到初中就连进度都跟不上了。

"是你学不会啊，还是学习内容太难呢？"

东柱说："好像不仅仅是我的问题，且不论能不能听懂，班里认真听课的同学还不到一半呢。"妈妈受到了巨大冲击。

"那不好好听课的同学们都在做什么？"

"要么伏在课桌上睡觉，要么偷偷地做辅导班的作业，大多数同学只是望着窗外发呆。"

"老师不训你们吗？"

"只要不闹，不明目张胆地看别的书或吃零食的话，老师也不会说什么。又不妨碍教课，至于挨训吗？"

"学生不好好听课，难道不该挨训？"

东柱好像不太理解妈妈的想法，歪起了头。

第二天，妈妈跟公司的同事说了东柱的事情。同事住在多兰洞，有两个与东柱年龄相仿的女儿。同事一口喝完咖啡，好像早已准备好似的打开了话匣子。

"你知道辅导班对提前学完高年级课程的孩子们最大的偏见是什么吗？认为他们不专心听学校的课程。他们以为孩子们会对方程式和函数感兴趣从而认真学习吗?孩子们只是跟着学而已。学习是他们的一种习惯及态度。一旦习惯了,不管是在辅导班还是学校,都会好好听课,认真做题,努力背诵的。"

关于学校氛围的重要性,同事反复强调,并举例说明因为学校及师资力量、热情、经验的不同,教出的学生成绩有多大差距。

当晚,妈妈失眠了。既然一时很难转学,妈妈就决定让东柱换个辅导班。东柱生平第一次熬夜学习并勉强通过测试,进了一个位于多兰洞的著名辅导班。而且,由于晓兰一直吵闹,埋怨妈妈为何只让哥哥上这么好的学校,妈妈就干脆让她也上了位于多兰洞的辅导班。智雅跟晓兰是形影不离的好朋友,所以智雅也跟着上了多兰洞的辅导班。

自此,她们每天都会有一小时花费在往返辅导班的班车上。自从开始去多兰洞补习,晓兰一到晚上九点便困得倒头就睡,经常见不到晚上回到家的爸爸。虽然给兄妹俩支出的辅导费涨了近两倍,他俩的成绩却一直没提高。

搬到多兰洞,儿女们的成绩会不会有所提高呢?当初让孩子们继续上家附近的辅导班,效果会不会更好呢?妈妈经常会反思,但时间如白驹过隙,不知不觉间东柱已经长成了一个孤独而痛苦的高中生,晓兰则上小学六年级了。她整天缠着父母要搬到多兰洞住。

"听说十月前搬家就可以,而且必须搬到属于多兰中学学区的一区或二区才可以。只有那样,才能跟智雅上同一所中学。"

出售正住的房子,寻找多兰洞的房子,肯定得用银行贷款解决房款差额,所以得到银行了解一下相关情况。不仅如此,还得选定、预约搬家公司和装修公司,办理晓兰的转学手续……过程如此繁杂,所以妈妈并不能像晓兰那样把"搬家"一事看得如此简单。

"你之前跟智雅经常吵架、闹别扭、哭闹,还发誓不再跟她玩了,要我给你换辅导班,这次为什么突然又闹着要跟她上同一所中学呢?"

"亲近才吵架嘛,你不懂吗?妈妈难道没朋友?"

妈妈认真地考虑了一阵,最终把房子挂在了小区的房地产中介。但是,直到春花凋谢、浓荫蔽日,房子都没能卖出去。

晓兰在新的班级里交了新朋友。跟过去一样,她按部就班地早晨去学校、放学后吃零食、掐准时间去辅导班,回家后做作业、玩游戏、等父母下班。她还保持着同年龄段的平均身高及体重,也没患什么大病,过得还不错。但不知怎的,一家人总有一种"飘忽不定"的感觉。自从把房子挂到房屋中介后,他们总觉得在新荣镇的生活只是临时的,或已进入倒计时。

到了第二学期,妈妈建议放弃搬家。她尝试说服晓兰:像现在一样,跟智雅上同一个辅导班,走得亲近,不也挺好吗?

"房子卖不出去。最近经济不景气,房地产行情也不好。尽管这里离首尔近些,但毕竟不是首尔。所以,这一带的房子不容易卖出去。"

"那智雅怎么就能搬家?你说房子卖不出去,智雅家的房子是怎么卖出去的?"

"智雅家原本在多兰洞另有一套房子,是把这里的房子租出去以后才搬到多兰洞的,你都不知道租房有多紧缺。哎哟,反正你也听不懂。你呀,还能心安理得地闹着跟朋友一起搬家,真是无忧无虑啊。"

晓兰静静地听着妈妈的话,冷冰冰地说:

"我也没有心安理得,我也不想闹。但除了闹,我还能做什么。"

然后,她回了房间。最终,晓兰一家放弃搬家及转学的想法,只是翻修了破旧的洗手间。

晓兰和智雅虽然住在不同的地方,但仍然上同一个辅导班。她俩在周末也经常见面,在新荣镇的地下商业街买衣服、看电影。她俩约好去看一部科幻电影的续集,上部可是她俩第一次一起看的电影。整部电影没什么意思,也记不清上部电影的内容,她们只是想尽情嘲笑电影拍得幼稚。

智雅说下午有家庭聚会,所以她们预订了周六的早场电影票,二人提前见面,先吃了汉堡。智雅熟练地喝起套餐里附带的咖啡,晓兰觉得这样的智雅有些陌生。

"你喝咖啡?"

"犯困。"

啊!晓兰有种被点醒的感觉。妈妈总把"小孩儿喝咖啡会睡不着觉"挂在嘴边,所以晓兰以为以她的年纪还喝不了咖啡呢。如果喝咖啡就睡不了觉,那么在不能睡觉的情况下喝咖啡不就可以了吗?她觉得智雅蛮有大人的范儿。不是因为她喝咖啡,而是她在吃喝等琐事方面能自己做判断,做决定。

尽管喝了咖啡,智雅却从银幕上播出广告开始,一直在打哈欠。不知怎的,晓兰有些泄气。终于开始放电影。已经过去了好几年,主人公长大了不少。晓兰侧身靠在智雅身边,用手遮住嘴,小声嘀咕:

"他变帅了,是吧?"

智雅没回答,像被屏幕勾走了魂一样,目不转睛地盯着银幕。看来,她觉得电影有意思啊。真的那么好看吗?不会吧,好看得就连我的话也听不到?晓兰的心情就好像鞋子里进了一块儿小碎石。晓兰心里有点不得劲,就静悄悄地看电影。这时,智雅说了声"我去一下洗手间",弯着腰溜出了影院。

晓兰坐在狭窄的椅子上,左右扭动身子。智雅过了好长时间也没回来,晓兰想给她发短信,便从书包里取出手机。时间过得比预想的还久。晓兰也弯着腰离开座位。幸亏空座较多,没费多大力气就溜了出来。

智雅为什么还不回来,难道发生了什么事?吃汉堡闹肚子了?晓兰一直在想怎么跟智雅表达自己的担忧,但这些并非完全出自真心。晓兰觉得智雅在隐瞒什么,她因此感到难过,更令她痛苦的是自己竟然怀疑自己的挚友。

晓兰走下阴暗的楼梯,推开影院沉重的大门。是因为突然走到明亮的地方,还是因为心情复杂呢?她只觉得视野变窄,刹那间感到头晕。晓兰一只手扶住墙面,调匀呼吸后,环视四周。智雅正坐在走廊尽头的桌椅上。她为什么在那里?她到底在那里做什么?

智雅正在认认真真地写着什么。晓兰走了过去,站在智雅身旁。走过去时,她既没有特别小心翼翼,也没有特意夸大动作。她发现,智雅正在做题。

"你在做什么?"

智雅吓了一大跳,她那放在桌子上的习题集和书包、笔盒都呼啦啦地掉在地上。自动铅笔、圆珠笔、荧光笔、彩色铅笔等骨碌碌滚了一地。晓兰俯身捡起智雅掉落的东西。从她背后传来智雅低低的声音:"对不起。"晓兰正在认真捡东西,听到这句话,突然停住了。

"你也捡吧,这是你的嘛。"

智雅这才从椅子上起身,俯身把凌乱地散落在地面上的纸笔、习题集、笔记本等放进书包里。收拾完之后,智雅和晓兰尴尬地面对面站着。智雅打开手机,看了一眼时间。对她的这一举动,晓兰深感伤心,甚至有些生气。但是,晓兰尽量平息心情,问:

"你刚才在做什么?"

智雅低着头不回答。晓兰提高了嗓门。

"忙的话,可以约下次嘛!"

智雅像泄了气似的,苦笑道:

"下次也很忙啊,晓兰。"

晓兰没听懂智雅的意思。晓兰没再发火,但也没有平静下来,只是愣愣地站在那里。智雅从她的肩膀上拿掉一根头发,说:

"我最近总忙,想舒舒服服地看电影是不太可能了。"

智雅还说,今天下午并没有什么家庭聚会,还得去辅导班。

从上周开始每周六下午她都得听奥林匹克数学竞赛讲座，可是作业还没做完呢。而且，星期日白天还得给小区的一所小型图书馆做志愿者，晚上还得补科学课。晓兰问她："为什么不早告诉我？"智雅犹豫良久，才说：

"我也不太清楚。"

晓兰觉得智雅变了，但变是理所当然的，人都会变，更何况我们还在不断成长，恐怕我自己也在变化吧。但是，智雅的变化正常吗？

"我太困了，晓兰。"

"走。数学辅导班在哪儿？我送你过去。"

二人并肩坐在巴士的最后一排。一坐下来，智雅就靠着晓兰的肩膀睡着了。大巴踩了几次急刹车，过减速带时还震荡了几下，智雅都一直沉睡不醒。

从此，二人周末再也不见面了。智雅换了辅导班。不见面，就很自然地减少了通话及发短信的次数。有一天晚上，晓兰躺下准备睡觉时，手机屏幕闪烁起来。是个陌生的号码，时间太晚了。换作平时，晓兰当然会像没看见似的把手机扔在床角，这次她却鬼使神差地接了电话。打电话的是智雅的妈妈。

"好久不见，晓兰，你还好吗？中学怎么样？"智雅妈妈先是寒暄了一阵，问了一些无关紧要的问题，难道这是她深夜打来电话的意图？晓兰愣愣地只是回答"挺好的，还行，也就那样"，就没再说下去。

"是吗？那你好好学习，不，还是劳逸结合吧。你们才十四岁，不用拼命学习，尽情地玩儿就好，明白吗？"

晓兰对这番话充满疑惑，但不知怎的，就是问不出口。能不能从对方的话中捕捉些蛛丝马迹呢？晓兰集中精力听着电话那头的声音。

"太晚了吧？睡吧。我就挂了，谢谢！"

"啊，稍等一下！"

晓兰几乎条件反射性地喊出声。她感觉这通电话就像一根细长的绳子，连接着自己与智雅，似乎一挂电话，那条绳子也会随之"咔嚓"一声断掉。晓兰问道：

"智雅现在睡了吗？"

"不太清楚。"

这跟智雅那天在电影院的回答完全一样。智雅妈妈听起来快要哭了，她说智雅忽然不说话了。发音器官没受损，也没受什么打击。在一个周三的早晨，智雅上学前没跟妈妈打招呼，到了学校也只是呆滞地瞅着叽叽喳喳的同学们；即便是老师点名的时候，她也不回答。智雅默默地吃饭、上学、听课、去辅导班，上完课回家后还很认真地做学校及辅导班布置的作业。

每到周末,她跟父母看电视的时候也会笑嘻嘻的,但就是不说话。

最终,智雅和妈妈离开了韩国。在机场给晓兰打电话告诉她这件事的不是智雅,而是智雅的妈妈。她告诉晓兰:智雅已经重新说话了,以后将在国外上学。后来,旅途中给晓兰发送漂亮的日落风景照的,同样是智雅的妈妈。晓兰给智雅妈妈发了短信:以后请别再联系我。对方是怎么理解这句话的呢?是对大人联系自己的行为感到负担,还是觉得晓兰不关心智雅的情况呢?不管怎样,从此她与智雅的联系完全中断了。

五月的最后一天,夜风凉爽。听说天上会升起"血月",会有一场圆月完全被地球影子遮住的月全食,在太阳光的折射作用下,月亮会发红。晓兰不久前在学校里也听到同学们在议论,但一回家她就把什么月食啊、月亮啊之类的全都忘得一干二净。

晓兰要跟家人一起出去吃晚饭,便披上开襟羊毛衫,这时她听到在阳台收衣服的妈妈说:

"升起红月了呢。听说今天会升血月来着。果然月亮是红的。"

"真的?"

晓兰也到了阳台。对面公寓楼的上空,升起了红月亮。不能说赤红，只能说颜色近似于橘黄。晓兰拿来手机，打开相机，直接拍了一张，而后拉长焦距又拍了一张。按原焦距拍摄的照片虽然因夜色正浓而显得鲜明，但月亮显得过小；拉近镜头的照片色彩有些模糊，但月亮很大，给人一种神秘感。原来这就是血月。此后，月亮再次显现原貌。晓兰感到非常新奇，就把照片放大，并将血月设置为头像。

恰巧电视正在播放月食新闻。据报道：在世界各地，人们为了观看月食聚在一起。首尔的晚霞公园、肯尼亚的马加迪湖畔、澳大利亚的悉尼天文台……澳大利亚的悉尼？智雅现在在悉尼，那她是不是也在看红月？

自己当时为什么会发那种短信呢？晓兰自己也弄不明白。她很关心、很牵挂智雅，可收到智雅妈妈发来的信息时，她的情绪会很低落。晓兰的心灵受到了小小的创伤，尽管感觉不舒服、有点儿痛，但这伤，无须去医院接受治疗或抹药，只能独自忍受。后来晓兰想：这是不是因为想跟智雅直接发短信、打电话，想听她的声音、看她的脸呢？

智雅是晓兰的第一个朋友，她俩共同拥有很多美好而久远的记忆。除了家人，智雅是跟她聊得最多的朋友，还是共度时光最长、吵得最多、最常惹哭、最喜欢的朋友……能描绘智雅的词汇太多，不可胜数。晓兰想：我们就这么断绝了来往，我也有责任。

如果我没给智雅妈妈发短信,没准儿现在我还能跟智雅通话,会互相询问各自生活的国度的时间、天气、风景吧?或许还能互相发送红月的照片吧?当时,智雅为什么会那样呢?对她来说,我是什么?

晓兰一家人在附近的烤肉店吃了顿五花肉。东柱成为高中生后,三天两头说想吃肉,食量也逐渐大了起来。刚开始一人吃两份,到后来四份都不在话下,甚至还得加碗冷面。起初,父母都很高兴,认为儿子正长身体,学习消耗了太多热量。但看到儿子的体重急剧增加,他们又开始担心起来。

先不说别的,单是哥哥吃肉的方式,晓兰看了就烦。东柱点了拌冷面,用面卷着五花肉片吃。

"哥,先吃完肉,再吃冷面吧!为什么一定要用冷面裹着肉吃呢?"

"反正在肚子里都会掺杂在一起的。"

"啊,讨厌!像个大叔!就应该制定禁止三十周岁以下的人用冷面裹肉吃的法律,我以后得做法官。"

"法院是司法机关,国会才是立法机关。想制定法律,不应该当法官,而应该做国会议员。你得多学习学习社会知识了。"

"真晦气。"

妈妈听到这句话，轻轻地弹了一下晓兰的额头。明明一点都不疼，晓兰却"啊"的大叫一声，蜷缩身子，揉了半天额头。

东柱用肉填饱了肚子，晓兰却满腔忧愁。他们并肩走在胡同里，晓兰想，今晚发生的一切，血月，还有地上家人那长长的影子，都酷似EBS电视台播放的青少年电视剧的情节。但是，晓兰并没看过EBS的青少年电视剧，她只是觉得这景象蛮像电视剧中一个和睦家庭度过的还不错的周末。但是，晓兰并不幸福。她今天根本就不想吃五花肉。

就在他们快要走出胡同时，从商业楼里蹦出两个人影。一个跑在前面，另一个紧随其后。

"喂，给我拿出来。李海——仁！"

李海仁？

"抓住我就给你！不，亲我一下就给！"

晓兰有些不知所措，紧盯着那两个女孩的身影。东柱也同样有点摸不着头脑，说了一句：

"她俩不都是女孩子吗？两个女孩儿要亲嘴？"

"跟你有什么关系？"

听声音，其中一人很可能是晓兰认识的那个李海仁，另外一个肯定也认识。李海——仁，语尾上扬的语气，听起来很熟悉。在哪儿听到过来着？到底在哪儿听到的？晓兰仔细地想了想。恩智！是宋恩智！

每月两次，单周星期四的第七节课是社团活动时间，所有学生必须选一项社团活动。男生都偏向保龄球社或台球社，女生则偏爱舞蹈社。晓兰所在的班级由于报名舞蹈社的人太多，就决定用石头剪刀布来决定。班里唯有晓兰一人报了电影社。同桌瞄了一眼晓兰的社团申请表，如同发现天大的秘密似的小声跟她说：

"听说去年一年级报电影社的只有一个人，筹办庆典时，只有她一个人干活儿，一气之下她就换了社团。"

"中途能换吗？"

"当时那个情况下……就给她调了。"

电影社的名额是三年级十名、二年级十名、一年级五名。大家都认为，高年级学生相对多，是因为他们哪怕是在社团活动期间看看电影都算是一种放松。但是，对一年级的学生来说，现在想看电影又不难，而且学长学姐一多，社团生活肯定不轻松。因此，电影社一年级学生名额报不满的情况时有发生。

电影社活动室在副楼地下室，听说那里以前是科学教室。拉上遮光窗帘，就会变得跟影院一样漆黑一片，但从那里传出来的并不是什么鬼故事啊、灵异现象啊之类的谣言，更多的是赤裸裸的风流韵事。在去上社团第一课的路上，晓兰顺着泛着酸臭味儿的台阶下楼，心里暗暗决定如果今年也跟去年一样，一年级学生只有自己一个人，就立刻开溜。

点名时一听，一年级学生竟然有四人。晓兰心想：电影社没意思，也不会给高考加分。这次，除了自己，竟然还有三个人加入了这个一年级学生受气又受累的社团，她们都是些什么人呢？她有些紧张。

眼前追逐玩闹的两人正是电影社的成员。这么晚了，宋恩智和李海仁竟然聚在一起玩？她俩的关系那么好吗？

恩智和海仁逐渐跑远，胡同上空升起一轮血月。可能是四周变得昏暗的关系吧，月亮显得比刚才还红。

海仁的故事 | 해인의 이야기

　　填完高中志愿后,海仁经常头疼。她静躺在客厅时,爸爸以为屋里没人,就没敲门,而是输入密码打开门锁进来了。爸爸看到海仁,大吃一惊,问她为什么没去辅导班。

　　"去了,刚回来。"

　　这时海仁的弟弟尚敏也从房间里出来了,爸爸问了他同样的问题。

　　"我除了数学课,别的都不再上了。爸爸还不知道?"

　　爸爸没回答。海仁用略带责备的口吻低声叫了一声弟弟的名字,声音里充满责备之意。尚敏瞥了一眼姐姐,提高嗓门说:

　　"咋了?英语、数学、科学,你上着这么多辅导班还有啥不满意的?"

　　"打住,李尚敏。"

"姐姐凭什么对我呼来喝去的,自己却上所有的辅导课?"

"你不一直在闹,不想上辅导班吗?现在发哪门子疯?学习不好还想上辅导班?!"

"别人听了,还以为你学习有多好呢。在这个小地方,你成绩还算不错。你以后上了多兰洞的学校就玩完了。你得有自知之明。"

"在这个小地方你都学习不好,给我住嘴吧。"

听姐弟俩的嗓门不断升高,爸爸插话了。

"海仁啊,该做饭了吧?"

海仁冲着尚敏伸了伸拳头,用唇语说"揍死你"。尚敏吐了吐舌头,说:

"还是上饭吧,饭顺儿[1]。"

一听这话,海仁抓住尚敏的手腕,一言不发地把他拉到卧室里,关上了门。尚敏虽然是小学六年级学生,身材却很矮小。海仁直接把他扔在地面上,跨坐在他胸口,掐住了他的脖子。尚敏满脸通红,挣扎起来,但海仁比他身材魁梧,他根本无法挣脱。海仁并没有松手,用轻蔑的眼神怒视着弟弟。

"你再这么叫,我就弄死你。你这连自己的饭都摆不上桌的

---

[1] 韩国对专职主妇的贬称。——译者注

蠢货。"

尽管被海仁掐住了脖子,尚敏还挖苦她:

"那爸爸也是蠢货吗?"

"那当然。又不是缺胳膊少腿,连自己的一日三餐都解决不了的人都是蠢货。你要是不想再当蠢货,就出去摆餐桌,把菜从冰箱里拿出来。"

海仁把妈妈出门时放进冰箱里的泡菜锅取出来,放在煤气灶上加热。尚敏看着海仁的脸色,把立在冰箱旁边的小矮桌放在狭窄的客厅中央。海仁把抹布扔到饭桌上面,尚敏噘着嘴,不情不愿擦起了饭桌。

当沸腾的泡菜汤掀动锅盖时,电视机旁边的电话突然猛烈地振动起来,掉落在地。谁知道我家的电话呢?对海仁来说,与其说感到惊讶,不如说是好奇。安装座机电话,只是为了享受宽带费优惠。爸爸闭着眼睛倚墙而坐,尚敏正捧着四个菜盒,小心翼翼地挪到饭桌上。于是海仁接了电话。

"是海仁啊?哎呀,这怎么办啊,你的事情全被揭穿了!可是你妈妈还不接电话。她在做什么?在家吗?你第二志愿写哪儿了?"

这是住在多兰洞的大姨打来的。由于大姨像打机关枪似的一下子提了很多问题,海仁一时竟什么也答不上来。大姨像在

海仁的故事　067

追责似的再次问道：

"不能上江河女子高中，你会怎样？你家附近有可上的高中吗？"

"这个……"

窗外的天空已然被染成朱红色，对面楼玻璃上反射过来的阳光落在狭窄的客厅地板上。眼前一片朦胧。海仁觉得好不真实，用脚"哐哐"地敲地板。

"你在听吗？你这个孩子，怎么这么冷漠啊！"

那我哭给您看？海仁默不作声。大姨说："跟你妈说一声我打过电话。"然后"嘟"的一声挂断了电话。

从海仁记事开始，爸爸就在做向中国出口美容产品的生意。从保妥适[1]、填充剂到脂肪分解剂、减肥助剂等各种产品。

得益于此，海仁的爸爸比别人家小孩的爸爸更了解偶像明星与美容知识。要说因此爸爸就跟海仁和尚敏沟通更畅通无阻？并非如此。爸爸不停地给他们传达各种与中国相关的、分不清是新闻还是八卦的信息：哪个艺人涉黑、哪个明星因在中国惹是生非而被封杀，等等。海仁对此一点儿都不感兴趣。爸

---

[1] 保妥适（Botox），一种神经传导的阻断剂，治疗过度活跃的肌肉。在美容领域，指肉毒杆菌毒素，用于瘦脸。——编者注

爸对妈妈也一样,他不停地指出妈妈外貌的缺陷,督促她打保妥适、使用填充剂等。到最后,他还每每都说这么一句:"最近没有人像你这样不爱打扮。"

"别胡说了。"

妈妈实在忍无可忍,就回了一句。但爸爸仍然不知道问题出在哪里。

"知道啦。你也打扮一下嘛,皮肤都成啥样了?"

"海仁她爸,照照你身旁的镜子吧。"

"啊,真帅啊!多有男子气概!不是吗?"

随着韩国产品在中国大受欢迎,仿制品也猖獗起来。爸爸的公司一直经营质量上佳的正牌货,反而遇到了危机。爸爸决定转型,把生意转向化妆品出口。海仁问妈妈:"冒牌化妆品不是更多?"若是直接问爸爸,答案会更准确,但海仁不想问。

"你爸爸说,干脆直接在中国注册公司,在那里做生意,可能这样稍微好一些吧。"

"去中国?那我们去中国吗?"

"不去。只是爸爸会比以前更频繁地去中国而已。"

海仁想,这未必是件坏事。爸爸为了见国内负责人、签合同、租赁办公室和仓库,一直忙得要命,就连海仁的小学毕业典礼都未能参加。但是,打算与爸爸共同创业的朝鲜族合作伙伴，卷走了爸爸所有的资金后，销声匿迹了。他可是跟爸爸合作了十多年的生意伙伴。

爸爸的——其实是全家的——更严格地说是以家人的未来、稳定及幸福作为担保借来的钱全没了。爸爸在中国滞留了一个多月，苦苦寻觅，一无所获，只能灰溜溜地回了国。

"太大了，中国土地太辽阔了。当初欢天喜地，以为那里遍地是机会，遍地都是黄金呢，原来也会遇到迷宫和沼泽啊。"

以前，妈妈只是每天上午去爸爸的办公室帮忙，后来她找了新的工作。每逢工作日，凌晨妈妈就到位于地铁站的紫菜包饭店卷包饭，白天则到家附近的大型超市当收银员；每到周末，她就到离家十分钟车程的烧烤店刷盘子。每天早晨，妈妈摆上早餐，煮好供家人晚上吃的泡菜汤，放进冰箱后，最先出家门。她白天出去忙忙碌碌，做那些以前从来没做过的杂活儿；晚上回到家，打扫完屋子后，读着书会迷迷糊糊地睡着。顺便说明一下，那些书是她从曾经做过志愿者的图书馆借来的。海仁很想帮妈妈分担一些，但妈妈很利索地做好了一切事情。

海仁上初中后不久，她家就搬进了对面那陈旧的多户型住宅里。所谓的新房小得很，中间的客厅与厨房合二为一，不仅摆不下沙发和餐桌，就连一家四口围坐在一起都很难。厨房两边是对望的卧室，屋内的任何一扇门开关时声响都特别大。尚敏的书桌被放置在父母和尚敏居住的卧室窗户边，尚敏走进洗手间，关上咯吱作响的门，哇哇大哭起来。他的哭声整个屋子都能听到。尽管海仁睡觉时要把腿伸进桌子底下才能伸直，但还能有自己的单独房间，海仁只能以此自我安慰了。

房子迟迟未能整理干净。不管怎么扔、堆、塞那些搬来的家具、衣服、书籍、寝具及大小家什，依然很难放进比原房子小一半的新屋里。到日落西山、夜幕降临时，搬家公司的员工们把家什满满地堆放在客厅后就走了。爸爸大发雷霆，指责他们这是违约，还咣咣地跺脚、摔箱子，但搬家公司的人都走了。他的出气筒只有家人而已。

直到午夜，他们才好不容易腾出了能供四人睡觉的空间。海仁累得全身都快散架了，伏卧在积满灰尘的书桌上。一整天站着搬东西，感觉浑身都疼。她这才明白肉体的疼痛比心灵的痛症更令人难以忍受。海仁很想把这份痛苦铭刻在心。她强忍泪水寻找日记本，但怎么翻书包、书桌抽屉、书堆，都找不到。

那是恩智送给她的一个漂亮的日记本，海仁曾经在那上面写过日记，最近则写在普通的笔记本上。日记本封面上写的是"数学"，跟别的笔记本一起插放在书架上。搬家的时候，海仁的书被分装在六个箱子里，但由于没地方摆放，就扔掉了其中的四箱，剩下的两箱，一箱堆在阳台，另一箱装着海仁每天都看的书籍和题集、笔记本,也有可能装着"数学"笔记本,这个纸箱被搬进了海仁的房间。海仁仔细地翻看了每本书和笔记本,但那本"数学"笔记本的确不在里面。

她到阳台翻另一个箱子。阳台上原本胡乱堆放着用黄色胶带封得严严实实的箱子,经她一折腾,这些箱子全都坍塌下来,箱子发出破裂的声响。海仁的手臂流血了,也不知道是什么时候被刮伤的。那些纸箱长得都一样,用的还是同一款黄色胶带。她硬生生地拆开胶带。妈妈在旁边一直默默地看着,突然问了她一句:

"你在干什么?"

"找数学笔记本。"

"你的手臂在流血,你知道吗?"

海仁被自己翻弄东西而扬起的灰尘弄得眼睛疼,想咳嗽。她连续打了五个喷嚏,觉得鼻子泛酸,眼睛里也噙满泪水。不一会儿,她掉下一滴眼泪,就再也止不住了。海仁用脏兮兮的手背擦拭着泪水,大发雷霆。

"就是找不到那个本子!怎么找也找不到!也分不清到底哪个是书箱!没了怎么办?无意中扔了怎么办?"

"至于那么哭闹吗?那本子有那么重要?"

"至于,那个本子很重要。"

"你确定不是在为自己哭闹找借口？"

海仁哑口无言。她本想停住哭泣，但自己没法控制，就站在阳台行李堆里继续哭泣。妈妈伸出手，像救人似的把海仁从阳台上拉了回来。

"没必要找什么借口。看看我们家的现状，确实让人想哭。所以，你想哭就哭吧。"

海仁的哭声反而慢慢减弱，她跟妈妈说想去恩智家里过夜。

"我可以问吗？"

放着好好的床不睡，恩智和海仁非要躺在地板上。这时，恩智说了这么一句。海仁一整天都感觉很累，还哭过。她刚洗了个热水澡，躺下来，觉得身心松弛，睡意蒙眬。今天发生的一切都仿佛做梦一样。她想诉说一切，困意却袭来。海仁硬睁开迷迷糊糊中合上的眼皮，没有正面回答，而是答非所问。

"你家真奇怪。这么晚了，我要在你家睡觉却没有一个人不同意呢。你妈妈过来接我，你姥姥也竟然只问我吃没吃晚饭。家里发生了什么事？为什么搬家了？你的头发和衣服怎么乱糟糟的？老人通常对这些是要刨根问底的。"

"所以，我现在问你嘛。"

"这不是问，而是问我可不可以问。"

"对哦,我确实是在问你,能不能问。反正我是问了。"

海仁扑哧笑了一下,然后打了个长长的哈欠,像说梦话似的嘀咕起来:

"所以,这种'优良传统'呢,你姥姥遗传给了你妈,你妈遗传给了你。"

"什么优良传统啊?"

海仁装作睡着,没回答。倦意忽然袭来,她确实很困。

初中生活就那么适应下来。那里有不少小学同学,还有恩智。海仁想和恩智进同一个社团,于是报了无人争抢的电影社。虽然她们喜欢在播放电影的时候睡觉,但一想到秋天还得准备庆典,就迷茫起来。而且,她还不大喜欢其他一年级的社团成员。其中一人仿佛有什么乐事似的总是乐呵呵的,另一人好像对什么都不满意似的整天噘着嘴。海仁想:算了,又不跟她们交朋友,以后只要适应刚搬的新家就可以了。想着想着,海仁就睡着了。

从星期五夜晚到周末,海仁一直住在恩智家。海仁一日三餐吃恩智姥姥做的饭,还与恩智一起站在水槽边,一边玩肥皂泡,一边洗碗。然后,跟恩智妈妈等四人围坐在客厅茶几边涂指甲油。

吃晚饭的时候,恩智妈妈直勾勾地看着海仁,说:

"待得舒服些。"

"我现在很舒服啊。"

"穿着胸罩吃饭,你不觉得闷吗?"

恩智、恩智妈妈和姥姥都不穿胸罩。所以,海仁一到恩智家,都不知道眼睛应该往哪儿看,每次都很慌张。海仁在家里,不管是吃饭,还是独自待在卧室,甚至睡觉都穿着胸罩,海仁妈妈也如此。意识到胸罩的存在后,海仁顿时觉得胸闷,喘不过气。她放下筷子,回到恩智的房间,脱下了胸罩。然后,她微红着脸回到饭桌前。恩智的家人对此毫不在意。那晚,海仁吃了两碗米饭。

星期日晚上,恩智妈妈开车把海仁送回来。恩智落下车窗,冲她摆了摆手,说:

"回头给你发短信。"

恩智妈妈的车还没开出胡同口,恩智就发来了消息:"等你家收拾完房间,邀请我来玩吧。"海仁虽然不想让恩智看到自己现在的家,但她能这么说,海仁心里很感激。

搬到新家后,海仁总是反锁房门。不知怎的,尚敏对海仁一直生闷气,爸爸妈妈等尚敏睡着后,经常在客厅里吵架。尽管锁了房门,但透过那层薄薄的墙,令人生厌的生活的杂音还是清清楚楚地传了过来。尽管那样,海仁觉得在咔嗒一声按住房门锁按钮的一刹那,仿佛生成了一种把自己与家人隔开的保护膜。然后,海仁解开胸罩扣,插上耳机,播放防弹少年团的歌曲,这才松了口气。海仁的 Melon[1] 播放列表里有"BTS_A side"和"BTS_B side"两个列表。A side 里有 *FIRE*、*IDOL*、*RUN* 等欢快的音乐;B side 里则存着 *Spring Day*、*Save ME*、*Whalien 52* 等抒情歌曲。

海仁从未去过演唱会或签名会。她只能满足于在影院观看演唱会实况录像。尽管那样,她都觉得能通过大屏幕、生动的音响,与志趣相投的观众一起哼唱、鼓掌、落泪,也是一件美事。她会提前两个小时去影院,在附近的卡通店买贴纸和盖毯,还打印了定制的票根。这是海仁唯一的乐趣。

海仁正在手机上看防弹少年团在国外拍摄真人秀的新闻,这时门把手咣当咣当地响起来,继而是咚咚的敲门声。海仁取下耳机。

"海仁?"

爸爸的声音。海仁急忙把手伸进 T 恤,扣住胸罩,打开房门。爸爸只是探头进来,环顾四周。

---

[1] Melon,韩国最大的音源(在线音乐)网站。——编者注

"门怎么锁着呢？"

"刚才换完衣服，忘了开了。"

爸爸点点头，进了房间。他仍然用怀疑的眼神盯着海仁，然后像是想起了什么似的说：

"对了，海仁，你上江河女子高中吧。你只要认真学习就可以了，问题都已经解决了。爸爸已经找到那人了，我会把我们一家人的住址改成大姨的住址，你知道就行了。"

江河女子高中是一所位于多兰洞地区的私立高中。由于是地区私立学校，只有住在首尔并毕业于首尔地区初中的考生才有资格报考该校。这所学校以收费高而闻名，因此，该校的竞争率不高。学费、餐费、特别活动费、教材费、辅导书费……收费项目繁多，金额也很高。没钱、没房、没工作、没前途的爸爸竟然让海仁上江河女子高中呢。

鼓动海仁上这所学校的是居住在多兰洞的大姨。小时候，大姨在所有姐妹中最不显眼，但她凭借特有的细心及超强的交际能力，成为保险产品策划，获得巨大成功。作为大龄剩女，她跟长得像影星般帅的姨夫结婚，生了两个跟姨夫一样帅气的儿子。但是，没人能事事如意。长得帅的两个儿子学习很差，让大姨操碎了心。海仁学习好，所以大姨就像对亲生女儿一样疼她。从海仁上小学开始，她就总是说让海仁上江河女子高中。

从大姨家的阳台上可以看到江河女子高中操场。大姨说，江河女高的学生不裁短校服裙子，不披头散发，而且完全不化妆。

"并不是说她们学习多么好，但她们都很正派、很可爱。以前经过学校前面的公交车站时，看到她们手里都拿着小册子站着，喃喃自语地背着什么。她们竟然在等车那么短的时间里还背书呢。"

与感叹的大姨不同，海仁觉得那种情景很奇葩。

"她们是僵尸还是什么呀，为什么都聚在一起喃喃自语呢？大姨可得小心点，小心被她们咬了。"

海仁不过是开了个玩笑，大姨却眯缝着眼睛瞪她，跟妈妈说：

"等她也上了江河女高，就不会说这些话了。"

妈妈不说话，只是微微一笑，把无公害苹果切成八块儿，把果核挖了出来。当时，学费对于她家不成问题。只是没有那个念头而已。

新荣镇居民都说：为了到多兰洞上学，最重要的不是孩子学习好，而是妈妈勤奋。海仁的妈妈特别勤奋。每天早晨，她比别人早起一个小时，做饭，还用浸泡过的海带和香菇熬汤，做凉拌蔬菜。洗手间总保持干燥，客厅里找不到一根掉落在地的头发，门口整齐地摆放着姐弟俩的拖鞋。妈妈平时到爸爸的公司帮忙，每周还去一趟位于居民中心楼二层的公共图书馆做志愿者。此外，她还常参加消费者团购协会的聚会。她还把协会里不常用的幼儿书包收集起来，寄给发展中国家的儿童。孩子们一旦不再上辅导班、托儿所、幼儿园，就不会再背印有那些机构名称的书包。孩子们上同一所机构的时间最长也就两三年，还有出于种种原因中途退学的，所以频频发生很多完好的书包被丢弃的情况。

海仁的妈妈会先把那些书包清洗干净，再把它们包装好交给总部。所以，她家阳台上挂满了各种各样的小书包。海仁觉得"爱幼儿园""巧克力托儿所""蓝色托儿所""宝宝乐园托儿所"等名字很可爱、很温馨，就高声朗读起来。海仁看到妈妈一直到深夜还用干抹布擦拭书包并装进袋子，就问她累不累。那时，爸爸正歪躺在客厅沙发上，看闭路电视频道的美国电视剧。他插话道：

"由她去吧，她自己喜欢做。"

妈妈脸上原本挂着微笑，一听这话，表情一变，收起笑容。爸爸挠了挠头和后背，又说了一句没过脑子的话：

"什么环保啊、绿色产品啊、做志愿服务啊、募捐啊。你以为那么做，就能变成一个有思想的人？当然，这比一群婆娘去喝咖啡、聊电视剧要强。"

妈妈也不还口,只是默默地打包书包。海仁的内心崩溃了。爸爸对妈妈说的话,总是化成一把匕首刺痛海仁的心。

"爸爸也正在看电视剧,为什么还骂别人看电视剧呢?"

"这是美国电视剧,跟我们的狗血剧档次不一样。"

"美国电视剧档次都高吗?爸爸,那可是崇洋媚外。"

爸爸可能把女儿的话当成玩笑了吧,只是咯咯地笑。海仁回到自己的房间,伏在书桌上扯起了头发。其实,海仁真正想说的不是这个。她本想说:不做事、没脑子的人还装斯文,自己置身事外却只会嘲笑别人。那是因为他们什么都不做,什么也都不想。

海仁和尚敏一旦患病或受伤,成绩下降,爸爸总是埋怨妈妈。爸爸认为照顾、教育子女的职责,完全属于妈妈。他自己既没有任何负罪感,也没有任何责任感。爸爸总是以指责、贬低有事可做的人的方式,给无所事事的自己找借口。海仁喃喃自语道,爸爸才是那个需要做事带脑子的人吧。

当她家不仅没搬到多兰洞,还被逐出原来的房子而住进新家后,爸爸却非常关心女儿进江河女子高中的事情。好像他认为只有这样才能证明他作为家长的存在价值。经不住爸爸的软磨硬泡,妈妈把全家户口非法迁户到大姨那里。姨夫已经去世,两个表哥一个人服兵役,另一个人在国外留学。于是在那么宽敞的屋子里,只有大姨一个人居住。所以,即使海仁一家同住,也一点都不奇怪。

海仁填写江河女子高中志愿书,必须有班主任签字。海仁手里提着封得严严实实的文件袋,犹豫了一阵,才走进教务室。海仁看到多润跟英语老师坐在一起,正在填写京仁外国语高中的志愿。海仁有意不瞅多润,多润也好像注意到海仁进了屋,却故意装作没看到似的。

海仁小心翼翼地把志愿书放在书桌上,班主任却随意从袋子里取出志愿书翻了翻,问:"现在跟姨妈住在一起了?"海仁一时不敢回答,犹犹豫豫。班主任拍了拍海仁的后背,说:"好好听姨妈的话。"难道班主任揣着明白装糊涂,还是真的不懂?海仁猜不透班主任的用意。

海仁从教务科出来后,逃也似的跑了起来。在走廊尽头,她跟同班同学撞了个满怀。尽管双方都没留神才撞上的,那个同学却很不耐烦,让她走路时看着点。

"哦,对不住。"

海仁很快道歉了。同学反而觉得尴尬,拨弄了一下海仁的兜帽,问:

"去哪儿了？教务科？"

"嗯。"

"去教务科干什么？你，不会是去申请报私立高中吧？要报哪儿？"

"帮人跑腿而已，哪儿来的私立高中？"

那日的辩解，却成了预言。因为海仁非法迁户的事情露馅儿了。

房门外，传来了妈妈的声音。她好像在跟姨妈通话。没说别的，只说了四次"没关系"，然后，静默了好长时间。海仁心想，怎么这么快就挂了？她无声无息地打开了房门，只见妈妈双手紧握手机，望着窗外。

透过客厅的窗户，能看到她家以前住的公寓楼群，还能看到那里稀稀落落地亮着的黄色灯光。海仁家曾经也属于那灯光中的一员。在如同窟窿般凹陷的妈妈的双眼里，看不到任何情感。啊，妈妈！海仁正在犹豫应不应该安慰妈妈。这时，妈妈无声无息地笑了，笑得露出了门牙。海仁蹑手蹑脚地回到书桌前，坐了下来。没看错，妈妈的确是笑了。

妈妈把爸爸和海仁叫到客厅，转述了与大姨通话的内容。她说：在江河女子高中做背景调查时，海仁非法迁户的事情被发现了。小屋的衣架上,挂着海仁的校服和运动服;在窗边的小矮桌上,铺着初中数学习题集,在习题集之间还插着自动铅笔。但是,在姨妈家里,找不到一件海仁家人的东西。

爸爸紧紧咬住暗红色的下嘴唇。

"那现在,海仁的高中该怎么办?"

爸爸又流露出那熟悉的眼神。

"当妈的,连孩子要上高中的事都没弄好。你难道只是在人家家里布置了一间和海仁房间一模一样的屋子?你还做了其他的事儿没有?只布置海仁的房间有什么用?"

"那你为此做了什么?当我在求姐姐、布置房间、去居民中心申报转户的时候,你为孩子升学做了什么?你什么都没做,就没资格说我。"

"别忘了,多亏有我,你才一直过得舒舒服服的。"

"不管你事业成功还是失败的时候,我都没说什么。对自己没做的事情,我绝对不会乱评价。"

两人的嗓门越来越高,海仁觉得后背直发热,脸痒痒的。不能再让妈妈继续听爸爸那充满暴力的言语。她握紧拳头大喊:

"我错了!"

自己并不想上江河女子高中,也没请父母把自己的户口非法迁移到大姨家里。没人征求过海仁的意愿。这并不是海仁的错,也不是妈妈的错。

"这不是你的错。海仁啊,你回去学习吧,不,该睡觉了,时间不早了。"

妈妈反而安慰自己,海仁要哭了,就赶紧转身,想回自己的房间。这时爸爸叫住了她。

"李海仁!你怎么不跟爸爸道个晚安就这么进去呢?"

海仁再次转身,给爸爸鞠了一躬。一回房间,她就悄悄把门反锁了。她胡乱拉下叠在柜子上的被子,把疲倦的身子丢在上面。她蜷缩膝盖,自言自语道:"去他的,想让我给你行礼,为啥自己不先给我行个礼。"

当晚,父母那分不清是聊天还是吵架的交流是什么时候结束的,海仁不得而知。她用极其不舒服的姿势躺在被子上,美美地睡了一觉,连梦都没做。早晨起来,头也不疼,真是难得。

那个跟爸爸保持着若有若无联系的朝鲜族合伙人,再次玩失踪,消失得无影无踪。爸爸没再去找他,而是扛下所有,奔走于银行、区政府和律师事务所,放弃了生意,申请了低保,也求得受害者的谅解。他开始在一座小型商业楼做起了保安。为寻找更稳定的职业,他还投递简历,抽空去参加面试。跟以前一样,他每天都刮净胡子、穿着整齐、经常洗手,还对海仁和尚敏说了对不起。海仁觉得此时的爸爸很了不起，但她并不喜欢。

非法迁户的事情被揭穿后，海仁反而心里舒坦起来，学习也更好了。一日，学校的课程结束后，海仁去了辅导班。当她在自习室学习时，尚敏打来电话。海仁没接，干脆把手机放进书包。直到开始上课时，海仁既感到好奇，又有些不安，取出手机瞅了一眼，发现这期间未接电话竟然有四个，未读短信有两条。

第一条短信：爸爸让你马上回家。

第二条短信：爸爸疯了，很可怕，快回来。

如果只收到第一条短信，海仁是不会回家的。但没过十分钟再发过来的第二条短信很凌乱、很糟糕。而且，还没到爸爸下班的时间呢。海仁心里十分纠结，是要装作不知道，还是回去保护弟弟，她很难做出决定。海仁拿起羽绒服又放下，如此反复。最终，她把黑色羽绒服披在肩上，悄悄地溜出教室，好几个同学回头，以诧异的目光看着她。

回到家里，尚敏给她开了门。他的额头红肿着。海仁冲着正在阳台上抽烟的爸爸大喊：

"爸爸，你疯了？你打尚敏了？！"

"他撞在你的书架上了。"

"别骗我！"

这时，尚敏抓住了海仁的胳膊。

"爸爸确实没打我，姐姐，你的书架倒了。"

我的书架？海仁觉得后脑勺火辣辣的。她急忙跑过去，打开房门。书架倾斜着，倚在对面墙上。由于房间狭窄，没有完全倒下，只是书掉落在地面上，一片狼藉。海仁没有向前跨进一步，站在原地。就在这时，尚敏走到她身旁。

"爸爸好像在找什么。"

海仁大步横穿过狭窄的客厅，走到阳台。虽然在爸爸身上闻不到酒气，但他鼻梁上满满都是血丝，好像用圆珠笔画了似的。海仁尽量用平常的语气问爸爸："房间为什么成了那个样子？"

爸爸又拿出一根香烟点了火，把头转向海仁的反方向，吐出烟圈。风一吹，烟雾一下子扑向了海仁。

"你是不是得罪了谁？"

"你说什么？"

"说是女孩子。说分明是一个小女孩儿的声音，她说出了咱家的地址和你大姨家的地址，让他们去调查呢。"

海仁在原地僵住了。

"她给学校教务室和行政室打电话，清清楚楚地说出了两处地址。这不瘆人吗？这不是个完全陌生的竞争对手，是你知根知底的好朋友。我一定要把她给揪出来，绝对不能就这么算了。"

夹在爸爸手指间的香烟正在燃着，海仁盯着那细细的烟雾画出的烟圈。半晌，海仁缓缓地开了口。

"都是那样子的，爸爸。"

"什么？"

"我说都那样子。"

"什么都那样子？"

"您好像没听说过大多非法迁户都是由好朋友揭发的吧？完全陌生的竞争对手怎么可能知道你是非法迁户呢，没法揭发呀，毕竟人家对你一无所知。这都是身边的同学告发的。自己为了求学受苦受累，而上同一所学校及辅导班的朋友却花钱走了捷径，人家肯定觉得忌妒、委屈啊！"

"所以你才觉得那么做也是情有可原的吗？你不痛恨毁掉你前程的那个家伙吗？"

海仁直直地盯着爸爸，说：

"我的前程没被毁掉，并没有。爸爸。"

然后，海仁静静地回到了卧室。她扶起倾斜的书架，把书又重新放回原位。她心想：或许爸爸是认为自己的前程被毁了吧？海仁一边整理书籍，一边或翻看或重新读起其中的几本绘本。她读起与恩智往来的书信，感到一丝肉麻，于是把它藏在书架的深处。

海仁即将上六年级那年，他们一家人还住在对面高楼上的时候，某个二月的下午，她呆呆地盯着云梯车直直地伸向高处的楼层。一楼、二楼、三楼、四楼……二十二楼！海仁家在四楼，她想，住在那么高楼层的人得吃晕车药吧？而那个新住户就是恩智家。

上六年级的第一天，海仁和恩智在电梯里碰见了，还如同命运的安排般进了同一个班级，成了好友。自此，海仁经常去恩智家玩儿。听说恩智的姥姥是女儿和女婿离婚后跟女儿住在一起的。老太太总是叫她"我们家海仁，我们家海仁"，像对待孙女般欢迎她的到来。每当海仁告辞回家时，姥姥就会说："你常过来玩儿吧，省得恩智感到孤独。"每当那时，恩智都会皱起鼻梁，冲姥姥微微瞪眼睛。

"姥姥，我一点都不孤独呢。"

从恩智家的阳台上俯视，能看到马路对面的住宅区。那里的方形房子大小、高低不一，屋顶上还有黄黄绿绿的水箱，弯弯曲曲的胡同路上行驶着汽车。这些都显得太小，很像一个由积木堆成的玩具村。海仁非常喜欢站在恩智家的阳台上,观看积木村。

"那边上有一处瓦房呢!它到底是什么时候盖的呢?"

"我听说那个村子还有超过一百年房龄的老房子呢。"

"真的?那种房子应该被定为文化遗产了吧?"

"陈旧就必须是文化遗产啊?听说我爷爷家的房子也过了五十年呢。"

海仁出生在楼房里,也生活在楼房里。串门去玩儿过的朋友家也都是楼房。这些房子结构和大小都很相似:一打开房门,就能看到摆放着电视机和沙发的客厅,厨房是开放式的,围绕着客厅排着两三个卧室、洗手间和阳台。

恩智说,马路对面的房子不会是那样子。要么没有客厅,要么厨房在屋外,得穿鞋出去,要么放马桶的洗手间和装有盥洗台的浴室是分开的。爷爷的故乡就是这样子。听到这里,海仁感到很神奇。恩智问她:"你是不是从未去过那样的房子?"海仁点了点头。

"真的?你爷爷家也是楼房吗?"

"爷爷和奶奶现在都不在了,听说他们在我爸爸很小的时候去世了。还有,外婆家也是楼房。一百二十多平方米呢。"

"这样啊。我爷爷家就像是童话书里的那种古宅。院子边有

海仁的故事　089

仓库，里面存放着干野菜、青梅。屋顶上还有菜园，那里能摘南瓜、辣椒、生菜呢，很好玩儿。但是没有停车场，所以很不方便。上次中秋节，不知道谁把车停在爷爷家的大门口，车主和爸爸互相揪住衣领打架，还被抓到了派出所呢。"

海仁觉得恩智讲的像电视剧一样有意思。她又问："你爷爷家里还发生过什么趣事？"

"我们每次去，都能发现村里的中国人又多了，写汉字的牌匾一块块地多了起来。职业介绍所那样的办公室和中国餐厅也多了起来。爸爸很担心照这样下去，那里早晚会变成中国村。"

"那有什么不好呢？"

"说是危险呢。爸爸整天说不知道那些人是干什么的，谁知道是杀人的还是贩毒的呢？照他这个逻辑，我们邻居家也不知道是小偷还是诈骗犯呢。"

海仁缓缓地点点头。海仁的爸爸也讲过类似的话。他说："住宅区后面，有很多加工钢筋、钢管之类的小工厂，那里很偏僻、很阴暗，而且还有一群粗鲁的人，所以很危险。"因此，爸爸不让海仁和妈妈去那里。那是一个有趣而令人好奇，但也令人害怕的地方。海仁不想去那个地方，只想听听那里发生的故事。当时，海仁未曾料到自己以后会住在那里。

恩智的故事 | 은지의 이야기

恩智上六年级那年,她家搬到了新荣镇。搬来前,妈妈和姥姥以及恩智三人睡在同一个房间。原本姥姥住在次卧,恩智和妈妈住在主卧。妈妈下班晚的时候,姥姥就躺在主卧里哄恩智睡觉,自己也就睡着了。因此,三人自然而然地睡在了一起。

离开首尔后,恩智家能购置更宽敞、房间也更多的楼房。恩智说:"我也想有一个自己的房间。""你可以一个人睡吗?"妈妈问了两次,姥姥又问了三次。恩智回答:"可以。"到最后,她都听得不耐烦了。虽然打了包票,但搬来的第一天,恩智还是抱着枕头,稍稍地推开了妈妈的房门。

"妈,我可以在这里睡一夜吗?就今晚。"

妈妈正坐在床上看电视。她挪了挪身体,给恩智腾出了地方。恩智就像猴子般跳到床上。妈妈用遥控器关掉电视,与恩智相对而卧。妈妈抱住她拍了拍,她就投入了妈妈的怀抱。

"妈妈离公司更远了,对不起。"

"差不多。虽然距离远一些,但开车上汽车专用道很快就能到,所以花费的时间差不多。"

"尽管那样,还是对不住你。"

"真搞不懂,你为什么那么想呢?跟你爸爸离婚的时候,我也没觉得对不住你啊。"

"妈妈脸皮厚嘛。"

"你像我一样脸皮厚的话,就不会感到愧疚了。看来,你的性格像你爸爸呀。"

"我上个月不是去参加奶奶的生日宴嘛。当时爸爸送我回家,他还跟我说了对不起呢。"

原以为妈妈会刨根问底:为什么?哪里对不起?然后呢?或会咋舌:早知如此,何必当初?你爸爸真搞笑。但是妈妈没说话。恩智后悔说这些,就稍微往后抽了抽身,抬头望了望妈妈,发现妈妈已经睡着了。恩智喜欢妈妈脸皮厚、睡得多,还喜欢她对自己不心怀歉疚。

小学四年级时,夏恩和恩智是同班同学。但恩智只是在朋友的生日宴、等辅导班班车的时候偶尔碰见过夏恩,来往过几次而已,关系并不亲密。五年级的时候,恩智跟夏恩被分到同一个班。恩智跟附近小区的书妍玩儿,夏恩则跟一起上英语辅导班的三个朋友打成了一片。后来,有一次她俩被安排坐在前后排,便开始亲密起来。

恩智的妈妈在网上购书时得到的赠品桶包很宽敞,能放进各种尺寸的贴纸。恩智在包里放进很多贴纸,像插图似的贴在笔记本、教科书、读书笔记、日记本和作业本上。一天,恩智在告示栏里写下"准备水彩画工具"后,又在旁边贴上了画有毛笔、调色板的贴纸。这时,夏恩转身愣愣地盯着她,说:

"好漂亮啊!给我一个吧!"

恩智欣然答应,不仅给了她一模一样的美术工具形贴纸,还给了她一个书形的贴纸。

"要不把它贴在读书笔记旁边?"

"哇,谢谢!"

过了一会儿,夏恩把闪闪发亮的三张英文字母表贴纸——S.E.J.递给了恩智。恩智在通知栏自己的名字"宋恩智"上面,贴上了夏恩给的S.E.J.。恩智竖起封面给夏恩看,夏恩说了一句"漂亮!"她从包里取出装满贴纸的小拉链包,向恩智展示了一下。

"我也收集贴纸。"

夏恩送给恩智一整张软绵绵的卡通贴纸，恩智也很大方地把一张自己珍爱的镶钻贴纸给了夏恩。

　　从此，每到休息时间，恩智和夏恩就对坐在一起聊天、画画，玩 bingo 游戏。虽然一个月后她俩的座位变远了，但她俩还是每天早晨一起到学校图书馆借书，下午去辅导班前，还是会在操场上短暂地聊一会儿天。恩智还经常跟夏恩那些英语辅导班的朋友一起玩，那么多的孩子都蜂拥到恩智家里蹦蹦跳跳，还被楼下邻居抗议。

　　恩智觉得跟夏恩相处很融洽、很有意思，感觉很好。她俩的关系从什么时候开始出现了裂痕？恩智不晓得。在商定日程或去处的时候，只要不顺夏恩的心，她就发火。恩智却并不放在心上，适当地向她妥协，实在觉得过分的时候就找个借口溜走。比如：忘了今天姥姥让我早点回家、我得做辅导班的作业、突然感觉肚子疼就不能跟你们一起吃了。恩智觉得自己每次找的理由都"天衣无缝"。

　　体育课的测评课题是组队表演菲律宾的传统竹竿舞，基本动作难度不高，而且可以用皮筋代替竹竿，随时随地地演练。每组最多可以由五人组成，自由组队，自行选曲、编舞、练习，然后表演。组队的时候，恩智刚巧陪妈妈去济州岛旅行，就缺席了。

恩智从济州岛回来时,夏恩、书妍以及和夏恩一起上英语辅导班的三名同学已经组成了一组。恩智向老师说明了情况:因自己上次缺勤,未能加入舞蹈小组。老师就允许可以由六人组成一组。

"朋友们,老师说六人也可以组队!我们一起练吧!"

恩智一跑过来,她们的表情就僵住了,谁都没正眼看她。过了一会儿,夏恩说了一句:

"我们小组恐怕不行吧?我们小组已经编好了五人舞。"

"还是一起吧,稍微改动一下编舞就可以。"

恩智没搞清状况,满不在乎地说了一句。夏恩再次拒绝了。

"不行,那样会弄得很乱。"

这时,恩智脸上的微笑才消失了。当她们都离去,只剩下恩智一人不知所措时,女会长靠了过来。

"你上次的体育课缺勤了?要不你进我们组?"

"好!"

恩智无暇询问现在是几个人,舞蹈编好了没有等情况,只是感到高兴、感谢、万幸而已。等测评结束后,恩智才得知这是老师特意吩咐会长安排的。

恩智的组跳得最好。夏恩的组却很糟糕:夏恩被绳子绊了两次,第二次还直接把手支到了地上,摔了个底朝天。夏恩非常惊慌，犹犹豫豫，不敢接着跳。同学们就一边拍掌，一边喊"3，2，1"帮她找回节奏。表演结束后，夏恩伏在书桌上哭了好长时间，同一组的同学们围在四周安慰她。恩智觉得安慰她很尴尬，但装作不知道心里也不舒坦，于是在周围徘徊了一会儿就离开了。自此，她们五人便不再正眼瞧恩智，也不再和她说话，即便恩智主动搭讪也不理她。

五人，相当于一个班女生的一半。而且，她们曾经是恩智最好的朋友。在学生少的班级，一旦出错或失去朋友就玩完了。恩智面带微笑，主动靠近她们，认真地问她们疏远自己的原因，还给她们打电话、发短信。不仅如此，恩智还把字条插在她们的书里，或者把信放进她们的抽屉里。但不管恩智怎么做，她们都一律不回应。

一日，恩智从后门进教室的时候，刚巧跟一个男生碰在一起。二人犹犹豫豫，不知道应该往哪边闪。那个男生冷嘲热讽地嘀咕：

"在我的通知栏里，仍然贴着你送给我的英文字母贴纸，啊啊啊。"

"在我的通知栏里，仍然贴着你送给我的英文字母贴纸"。这是恩智写给夏恩的字条中的一句。恩智的身体仿佛碎成了粉末般飘散，只觉得自己的手、眼睛、胸、心变得很小很小，怎么抓也抓不住。原来,他们在传看我的字条啊。就连男同学也知道这些内容,那么到底有多少人看过我那张字条啊?恩智回到座位,只觉得全班同学都在盯着自己。她不想跟任何人说话,只是伏在书桌上,等待上课铃声响起。

当恩智在后门等数学辅导班班车的时候,不知道什么东西"啪"地撞在书包上。恩智吓得心一下子缩起来了。她僵住了,不敢转动眼珠,只瞅着前面。就在那时,书包上又响起有什么东西"啪啪"拍打的响声。

"宋恩智!"

原来是夏恩。

"我们约定待会儿去书妍家玩儿呢,大约四点四十五分吧,大家上完辅导班后去。你也来吧。"

不是"你想来吗?"而是"你也来吧"。恩智鬼使神差地点了点头。

"一定来啊!待会儿见!"

夏恩灿烂地笑着,朝她挥挥手,然后匆匆地跑进后门。跟平时不同,那天后门口既没有班车,也看不到人。夏恩跑进后门的场景像做梦一样奇幻。恩智给妈妈打电话告诉她:"数学辅导课程结束后,要去书妍家玩儿。"

"家里不能只有孩子,书妍的父母都在公司上班吧?现在,她家大人在家吗?"

不知道。

"妈妈,就这一次。朋友们都去呢。我不去的话,以后她们就不带我玩儿了。"

恩智的嘴里冷不丁地冒出这句事先没准备的话。妈妈好像在考虑似的沉默了一会儿,然后回答:

"知道了,下次把她们带到咱家吧。还有,妈妈会给姥姥打电话的,你六点半前必须回家。"

恩智想,下次得让朋友来我家了。就这么很自然地约定下次见面。看来,夏恩这是要跟我和解啊。所以,她才把朋友们召集在一起还让我过去的。恩智真的很想好好地回报这次宝贵的邀请。

辅导课一结束,恩智就去了公寓一楼的便利店。她钱包里只有三张一千元面额的纸币,那是妈妈让自己买零食吃的。包括自己一共是六人,仅用三千元买六人的零食,得精打细算一下。她买了一盒一千五百元的巧克力棒和一袋一千二百元的果冻,已经四点四十了。恩智拿着巧克力棒和果冻,奔向书妍家。

恩智摁了书妍家的门铃,毫无动静。时间正好是四点四十五分。恩智想:她们还没下课吧。书妍家的门牌号是"902",恩智倚在大门上,铁门上凉飕飕的冷气逼人。恩智因为刚跑过来,出了一身汗。这时,汗水开始变凉,确切地说不只是变凉,而是变冷。在盛夏时节,恩智站在别人家门口,双手拿着巧克力棒和果冻,冻得直哆嗦。她就那么等了约十分钟,又摁门铃。然后,她砰砰地敲着门,喊了一声"书妍"。

不会吧。

恩智感觉腿疼,就蜷缩起来,最后索性蹲坐在地面上。过了多长时间呢?对面901号的大门开了,里面出来一位老太太。

"孩子!你是谁呀?"

恩智慌了,没做任何回答。

"你不是对门邻居家的孩子呀?!"

一看手表,已经五点三分了。恩智双手握着巧克力棒和果冻,磨磨蹭蹭地站了起来。她给老太太鞠了一躬后,摁了摁电梯按钮。

"看来你是邻居家小孩儿的朋友啊,你在等朋友?"

对老太太的提问,恩智说"没有"。老太太不理会她的回答,又问:

"给朋友打过电话吗?"

"不,不是的,不是的。"

电梯迟迟不来,恩智慌忙跑下楼梯。她觉得自己双手握着巧克力棒的样子很傻，怕在回家的路上碰见朋友。她低着头，再次猛跑起来。

夏恩没做任何解释。跟以往一样，不跟恩智说话，也不正眼看她一眼。恩智也装作没发生过任何事一样。过了几天，恩智收到了夏恩的短信。

"上次我受伤了，就取消了约会。当时，我忙着去医院，没能联系你。我们现在在商业楼楼顶上，你也来吧。"

恩智正在那个商业楼里的英语辅导班听课呢，所以直接上去就可以了。

这个商业楼共分三层。里面有很多大小不一的辅导班。所以，楼顶自然而然地成了辅导班老师们休息、吸烟的地方。学生也经常逃课到那里，或偷偷地抽烟。因此，附近楼栋的居民们频繁地投诉。位于一楼的房地产中介老板是这栋商业楼的商户代表。他买来一个硕大的锁挂在那里，但只是挂在门扣上而已，并没有锁。不管是老师，还是学生、房地产中介老板，他们都小心翼翼地进出那里。

恩智的脑海里浮现出很多不赴约的理由：听说楼顶上有很多可怕的姐姐和哥哥啊、妈妈好几次嘱咐我千万不要上楼顶啊、更重要的是她觉得夏恩这次也会爽约。但恩智还是抱有一丝希望。

上辅导课的时候,恩智一直回想着跟夏恩在游乐场滑梯上玩儿的往事。当时定的游戏规则很简单:猜拳输的一方,滑一次滑梯,然后再划拳。为了尽早在下一轮赢对方,输的一方不爬梯子,而"哐哐"地踏着铁板跑上去。她们相依坐在那里唱歌,还吃巧克力或饼干。也没什么新鲜的,但觉得很有意思,还有一丝当不良学生的刺激与快感。回想起当时的情景,恩智的嘴角不由自主地翘了起来。她打开手机再次查看了夏恩的短信,然后回复了。

"我的辅导课结束了,打算现在上去。你还在那儿吗?"

"嗯,快来吧。"

恩智深吸一口气,登上了通往楼顶的台阶。台阶左侧,堆放着撕开的快递纸箱、旧椅子、铁质搁板、胶合板等物品。这些几乎挡住了一半窗户,所以显得很阴暗,令恩智感到害怕。她觉得这是一条通往黑暗处的幽径,于是步伐沉重。她缓缓地、尽可能缓慢地走了上去。当她踏上最后一级阶梯时,就在一步之遥处,出现了通往楼顶的象牙色铁门。

铁门不知道涂了几层油漆,厚实而笨重。不知是谁在稍稍开着的铁门下方垫了一个小木块儿,门上挂着摇摇晃晃的铁锁。那个缝隙不大,一个成人侧身才能进出。看来锁门的人想法很奇特,既不想把门锁死,又不想让人轻松通过。

恩智也扭身通过那个门缝,抬起的左脚很难落在顶楼地面。她犹犹豫豫、晃晃悠悠地还是踏上了顶楼。这可是生平第一次啊。白天的热气迎面扑来,恩智一时间喘不过气来。

"夏恩!"

恩智低声喊着夏恩,向前走去。屋顶上孤零零地丢弃着已经倒闭的美术辅导班的牌匾。那里还有空调外机、卫星电视天线、便利店里使用的遮阳伞、桌子和四把椅子。桌子上和地上,以及椅子旁,每个角落里都丢着插满烟头的易拉罐。但就是看不到夏恩。

恩智在顶楼上转了一圈,但没见到人。她很失望,暂时坐在遮阳伞下。这么薄薄的布片还蛮能遮挡阳光啊。原来大家都坐在这里抽烟啊。突然,只觉得一股潮湿、腐臭的气味从下面升腾起来。应不应该给夏恩发短信呢?恩智愣愣地瞄了一眼手机屏幕,放弃了这个念头。那颗原本闪烁的、洁白的心,像白糖似的融化了,黏糊糊地滴淌着。

恩智并不伤心,心想:现在明确了夏恩的想法,所以可以放弃了,这倒是一件好事。恩智从塑料椅子上站起来,走向铁门。一个细长的影子缠住她的脚,不离不弃地跟来。恩智不感到孤单,真的没什么感觉。但是,门竟然锁了。

她进来的时候，门明明是微微开着的，门缝约有一尺呢。恩智用右手抓住了门把手，觉得很烫，吓得松了手。缓解了一下紧张的情绪后，恩智再次抓住门把手推了推。打不开，门只是"哐当哐当"地摇晃而已。她用肩膀撞也无济于事。她蹲坐下来。

恩智觉得被困在顶楼上很丢人。她把脸埋在双膝间，"哇哇"放声大哭起来。害怕？还是感到委屈？恩智也弄不懂自己此刻的心情，只是"哐哐"拍着铁门，大喊救命。

恩智想给妈妈打电话，但停住了。妈妈对自己要求不多，所以恩智几乎没做过妈妈禁止的事情。如果妈妈知道女儿上了自己曾经叮嘱不让上的顶楼，会很惊讶、很失望的。恩智又想给姥姥打电话，但是一想到姥姥被吓得手忙脚乱的情景，就不愿意那么做了。况且，联系姥姥，最终妈妈也会知道的。关于恩智的事情，姥姥不会告诉妈妈无关紧要的小事，但也从不隐瞒。恩智脑海里又闪过夏恩。竟然在这种情况下想起她？恩智感到很可笑。最终，恩智给妈妈打了电话。

"手机电量充足吗？"

"还剩 78%。"

"别再浪费电量，也别去栏杆那边。没事的。妈妈马上给你回电话。"

听到妈妈沉着的声音,恩智放下心来。倦意涌来,她就倚靠着铁门旁边的墙面闭上了眼睛。应该会挨训吧,活该。想着这些事,她迷迷糊糊地睡着了。过了一会儿,恩智紧握在手里的手机振动了。是妈妈?恩智想接电话,身子却不听使唤,醒不过来。"妈妈,妈妈,妈妈……"她自言自语着,又睡着了。感觉冰冷的手在拍打自己的脸,还看到英语辅导班老师的面孔,以及被儿科医院院长背到背上的瞬间……这些记忆断断续续地连接在一起,其余的她就记不清了。

恩智还以为自己在屋里睡午觉呢。姥姥等恩智上学后,打开窗户通风,把房间打扫得干干净净,并换上了被阳光晒得很香的床罩、被子、枕头。恩智上完最后一节体育课大汗淋漓,一回家就洗澡,跳上床立刻就睡着了。她没有做梦,睡得很熟。

恩智闻到淡淡的消毒水味儿。要是她睁开眼睛时,没有一眼看到妈妈,她肯定会大叫起来的。

"这是儿科。"

"延世之爱医院?"

妈妈点了点头。

"可是,妈妈没上班?"

"下班了。况且,在这个节骨眼儿上,上不上班重要吗?"

妈妈用手掌摸了摸恩智的额头,把手背贴在她的双颊上,说:

"医生说好像没中暑,而是受到了惊吓。还好你睡在阴凉处。脉搏啊、体温啊,都正常。"

"没感觉哪儿不舒服。"

"打完点滴回家吧。别跟姥姥说,免得她担心。"

恩智点了点头。

"如果姥姥先知道了,她肯定会跟妈妈说的。难道妈妈可以跟女儿说,而女儿不会跟妈妈说实情吗?"

妈妈摇了摇头。

"原本就是妈妈得知道女儿的事。恩智的事情得让妈妈知道,妈妈的事情得让姥姥知道。"

恩智就想起许多妈妈并不知道的事情。妈妈,不是那样的。在现实生活中,女儿不告诉妈妈的事情更多。由于妈妈很温柔地看着自己,恩智无法把这句话说出来。妈妈一直这么看着恩智,抚摸她的脸和手。过了一会儿,妈妈问她:"你为什么上顶楼?"

这座商业楼没装监控,但是位于顶楼阶梯旁边的钢琴辅导班装有校方的监控。他们朝走廊及进出口方向各安装了一台。那台朝向走廊的监控,虽然看不到顶楼进出口,但能看到走向台阶的人。

校长犹豫了一会儿。偶尔有人想抓偷偷吸烟的孩子或扔垃圾的人，会要求查看监控，但他从没给人看过。他就回复：请拿公安局的公文过来。但没人走那种程序。这所学校是恩智从七岁到十一岁一直上的学校。妈妈说出原委，校长就先让她回去，说等自己先查看监控后再联系她。妈妈以为这是委婉的拒绝，几乎放弃了查监控。

大约过了一个小时，校长打来了电话。妈妈想给校长买些饼干或蛋糕卷，但觉得这反而会让校长感到有负担，就只带着恩智的手机和 U 盘去了钢琴辅导班。

"这个人可能不是故意的，或以为外面没人就锁了门。"

这是校长的第一句话。

"我知道您很为难。拜托了。"

"并不是因为感到为难……"

校长没再继续说下去。妈妈小心翼翼地问：

"是您的学生吗？"

校长这次也没回答。夏恩也上过这个钢琴辅导班。妈妈给他看了夏恩和恩智来往的短信。校长长叹一声，把监控记录拷贝到了 U 盘上。这是个小地方，大多数学生生活在这片区域，所以不仅是孩子之间，就连家长之间都彼此熟悉。弄不好会讹传，老师和辅导班都会受到谴责。看到充满歉意的妈妈，校长反而安慰道：

"没关系，我觉得这样做是对的。"

监控里如实地记录着耷拉着脑袋、步伐沉重的恩智，以及过了一会儿夏恩和书妍尾随恩智，又飞奔着匆忙返回的影像。这可是多亏妈妈反应迅速、坚持不懈才得到的重要证据。但是，在此期间，姥姥也知道了恩智的事情。

就在妈妈要求学校召开校园欺凌治理委员会会议的当晚，她们正要吃饭时，家门口的对讲机响了，屏幕里出现一位中年男子的身影。那男子身穿衬衫，手里提着购物袋。妈妈问："您哪位？"对方却反问："恩智爸爸在吗？"这下，恩智、恩智妈妈、恩智姥姥都不高兴了。

"您是哪位？找恩智爸爸干吗？"

"我是夏恩的爸爸。"

"恩智爸爸不在。"

"恩智爸爸还没下班吗？"

恩智妈妈觉得用对讲机不方便说话，就打开房门，后退了一步。夏恩爸爸也只到玄关入口，双手握在一起、低着头，恭恭敬敬地行了礼。然后，他把手里的购物袋递给恩智妈妈。

"冒昧前来，真的很抱歉。我去日本出差，昨天才回来。这是我排了长队,好不容易买到的饼干,请您品尝一下。恩智爸爸平时下班比较晚吗?"

恩智妈妈眉间皱起了两道浅纹。

"我到日本出差时也经常买这个饼干,机场有很多地方卖。非常感谢,但我不会收的。您为什么找恩智爸爸呢?"

"我听说孩子们之间出现了一些问题。我想,男人之间喝着啤酒,坦率地聊一下可能会更好一些。所以,就这么冒昧地来了。"

"您想说什么,跟我说吧。"

妈妈的脸色唰地变了。夏恩爸爸的表情也立刻变僵了。他看起来有点尴尬,也有些不高兴。妈妈再次一字一句地说:

"有话就说,没话就回去吧。还有,以后不要再这么贸然地来了。"

夏恩爸爸立刻说:"孩子们是闹着玩儿的。夏恩只是想开个小玩笑,再跟恩智一起玩的,但大人们突然蜂拥过来,还看到恩智被人背着出来,就吓得不敢说了。

"我家夏恩也受到惊吓了,那天晚上连饭都没吃。"

听到这句话,坐在餐桌前的姥姥腾地站起来,捂住心口大喊:

"我家恩智至今吃不下饭!睡不了觉!我现在这里,这里疼得直不起腰！你说的那是什么话？！"

恩智虽然没胃口，但并不是一口都没吃。而且，虽然半夜会醒两三次，但没到无法入眠的程度。可她听到姥姥的这句话，心也酸疼起来。夏恩爸爸用手摸了好几下脸，低头鞠了一躬就出去了。妈妈"哐当"扣上了反锁链。

"人们都喜欢说这句'闹着玩儿的'，真没意思。"

在恩智的脑海里挥之不去的并不是恩智爸爸的"闹着玩儿的"和姥姥的"疼得直不起腰"，而是夏恩爸爸一直找自己爸爸的声音。

处罚的证据很充分。监控记录、短信、医院证明……恩智妈妈还去找书妍邻居家的老太太，录了音。妈妈向老太太说明当时的情况，并给她看了恩智的照片。那位老太太说："啊，对呀，我记得这孩子。她发生什么事了吗？"

校园欺凌治理委员会的处理结果是这样的：让夏恩书面道歉，对她进行特殊教育、转班。夏恩递给恩智一封道歉信后，搬家、转学了。信以"致恩智"开头，写满了道歉的内容。这是一篇无可挑剔的、不管谁看都觉得写得很好的道歉信。但不知怎的，恩智看着这封没写任何辩解的信，感到心痛。

恩智每晚都会哭闹着醒来。醒后，记不清做了什么梦。妈妈每晚都紧紧抱着她睡觉。

"恩智，你怎么啦？啊？事情都已经过去了呀！"

"妈妈，我很想问夏恩一个问题。我明天可以给她打个电话吗？"

妈妈闭着眼睛考虑了好一会儿，回答说：

"好吧。但有一条，假如夏恩说一句伤害你或让你伤心的话，你就立即挂电话。哪怕是没说完，也要挂断。你能保证这一点吗？"

第二天傍晚，恩智离开满怀忧愁的姥姥和妈妈，进卧室反锁了房门。她缓缓地打开白色的手机盖，屏幕一亮，壁纸是一张恩智、妈妈和姥姥微笑的照片。恩智心想：就打一次，她不接就不再打了。就给夏恩打了电话。

"喂？"

恩智本想夏恩不一定接电话，不接更好。她虽然主动打了电话，但对方一接，恩智反而惊慌起来。

"我是恩智。"

"嗯，你还好吗？"

夏恩的声音很沉稳，很是友善。恩智松了口气。

"嗯，你也好吧？"

"嗯。"

"我想搞清楚一件事,就给你打了电话。你能不能如实回答呢?"

"可以。"

"我俩原来不是好朋友的吗,但为什么突然变了呢?难道我做错了什么?"

夏恩无言。恩智事先把自己想说的都记在纸上,一说完,也就无话可说了。稍微沉默了一会儿,夏恩回答:

"我想了想,你好像并没有做错什么。只是,只是当时突然就讨厌你了。"

"啊,是吗?"

然后,又是一阵沉默。

"你要是问完了,我可以挂电话吗?"

"嗯,好的。保重。"

"嗯。你也保重。"

恩智先挂了电话。这时,她才第一次明白,哪怕自己没做错事,也有可能变得不幸。还有,人活着,会被自己并没有选择的事情所影响,还要对其负责,有时还得亲自解决问题。

并不是恩智自己要求校园欺凌治理委员会出的面。她想,正如自己还没说出自己的想法,大人们就执行处罚程序一样,夏恩大概也不希望搬家吧。与夏恩之间的问题得到解决,恩智也就放心了。但是,在这过程中,自己并没做什么。这令她再次失去了自信。

跟夏恩通话后,恩智仍然未能恢复正常状态。恩智妈妈决定离开首尔。当然,这也不是恩智的决定。

分享秘密,
倾吐真心,以心换心,
珍惜人际关系,
晓兰还不谙此道。

当我们变得亲密 | 우리가 가까워지는 동안

初三下学期刚刚开始的某一天。她们吃辣炒年糕的时候,恩智忽然很平静地说,自己说不定会去雅加达。一听这话,海仁尖叫起来。

"什么?雅加达?就是菲律宾的那个雅加达?"

"雅加达在印度尼西亚呢。"

"啊,那不重要!什么时候去?为什么去呀?"

"妈妈申请了派驻雅加达。下个月会出结果,成功的概率大约五成。妈妈说,如果能去,可能我等不到毕业就得走。"

"真的?那我们的约定呢?"

恩智愣了一下,看着激动的海仁,吞吞吐吐地回答:

"哦,那个……去国外,也算是爽约吗?"

恩智一脸困惑。谁也没回答。过了一会儿,晓兰小声嘟嚷道：

"你真的有心遵守约定吗？"

恩智没想到这么让人不舒服的话，竟然出自晓兰之口。她愣住了。旁边的海仁发火了。

"这是什么话？你自卑啊？要是羡慕恩智你就直说。"

"喂，李海仁！"

晓兰大喊海仁的名字后，争吵就变了方向。那是因为海仁挑晓兰的刺："为什么叫别人就是'多润''恩智'，叫我就是连名带姓？"晓兰说："我没有。刚才只是心情有点不爽，才一本正经这么叫的。我觉得连名带姓称呼别人有些别扭，所以从来都只叫名字。"听到晓兰这句话，海仁更火了。

"那是我在说谎喽？"

"不是，我的意思是，你可能是听错了。"

"总之，就是我的错呗？"

多润插了一句。

"海仁啊，晓兰有时候也叫我金多润呢。"

海仁这下反而更激动了。

"你看！她说你叫她金多润了啊！你就是有时候会连名带姓地叫别人。"

多润叹了口气。

当我们变得亲密　　115

"海仁啊,我不是那个意思啊。"

辣炒年糕是一直用小火煮的。现在,汤都干了,年糕也粘在锅底。海仁最先放下了筷子。她虽然对恩智有些失望,但更讨厌晓兰对恩智口不择言;晓兰对随便爽约的恩智感到无语,还反感事事都要充当恩智代言人的海仁;多润无法理解海仁和晓兰为什么争吵。恩智心想,解决这场争吵的责任在自己。她关掉餐桌上的瓦斯炉,问朋友们:

"要不我们去KTV?"

她记起过去只要一起去唱歌,大家别别扭扭的情绪总是能糊里糊涂地就化解。海仁说算了,背起了包。恩智赶忙抓住她的包,请求道:

"李海仁,如果咱们就这么散了,今晚我会睡不着觉的。去KTV我请客,一起去吧?"

"哇,去吧!去!"

多润跟着大声起哄,表现得特别开心,海仁和晓兰半推半就地跟在后面。

尽管进了KTV,但海仁还是半天没抬头。恩智硬把麦克风塞到海仁手里,她才开唱。到后来,海仁主动选歌,还和朋友们对视、欢笑。海仁挑选的歌一播放,晓兰也很兴奋,说这首歌自己也喜欢。她俩手里各拿一个麦克风合唱,一片完全和好的氛围。但是，晓兰唱歌太投入了，音量也不自觉地提高。

海仁唱歌近乎哀号。晓兰的脸色变得越来越难看，她好像不想输给海仁似的提高了嗓门。最终，她俩四目相对，互相骂对方太吵，过分的脏话也满天飞。麦克风还开着呢。多润轮流叫了十几声海仁和晓兰的名字，但她俩就像没听见似的。封闭的空间、混浊的空气，顶棚上魔球灯不停地闪烁转动，音乐声咚咚咚地震耳欲聋。她们都跟中了邪似的。

恩智抓住海仁的肩膀，把她拉到自己身边。恩智说了声"嘘"，海仁这才回过神来，急忙关掉了麦克风。晓兰也关了。又过了一会儿，随着歌曲播完，伴奏和魔球灯也停了下来。恩智说了声"对不起"。

"还没定呢。听说也不是只要申请了就能成的。"

晓兰扑哧一笑，说：

"那多润也报一下京仁外国语高中吧！反正也不是报了就能被录取。"

多润莫名其妙地被扯了进来，吓得急忙避开大家的视线。恩智叹了口气。

"车晓兰，今天你太奇怪了，我都快认不出你了。"

海仁直直地望着晓兰，说：

"可我觉得这就是车晓兰的本色啊！"

恩智的脑海里浮出总不敢直视别人、老坐在角落、面无表情的晓兰。很平凡的外貌及性格、既不超群也不落后的成绩、平平无奇的四口之家……很多时候，恩智非常羡慕晓兰的平凡。但是，恩智一听海仁的话，又想起了一些场景：尽管不看对方，但会竖起耳朵认真聆听；坐在角落里，也会默默举起手；偶尔冒出来的、很离谱的固执。回想起来，初一那年也是因为晓兰，秋季庆典活动才空前盛大。

所有社团都必须参与校庆。电影社几乎每年都举办海报展览会，庆典的准备工作都是从电影社活动室嘎吱作响的储物柜里取出纸筒开始的。从纸筒里取出卷起来的海报，一一展开，从中挑出因严重褪色而无法参展的作品。这些海报仅在天朗气清、阳光和煦的秋天，在通向副楼的小路边陈列三天而已，但经过一年又一年，它们明显褪色了。

三年级社员先回家了，只留一、二年级的社员开会。这时，晓兰建议这次变个花样，一脸单纯。

"我想，嗯，就是，现在电影都看4D的了，这些平面的海报虽然不差，不，可以说不错，但不足以吸引眼球。"

多润正从储物柜往外取纸筒，突然"呃呃"地尖叫起来。她本想一次性取出八个纸筒，但其中一个滑落下来。她挥动手臂想抓住那个纸筒,结果全都掉了下来。土色的纸筒像一群小狗似的四处乱蹦。

晓兰和海仁蹲坐在地捡纸筒。恩智查看多润的小腿和脚,问她有没有受伤。大家都关注着多润,晓兰的提议似乎被搁置在旁了。晓兰想:奇怪,一切事情好像都以多润为中心。处理完眼前的状况,恩智再次问晓兰:

"你刚才的话还没说完吧?所以你的意思是我们这次不办海报展,做别的?"

晓兰缓缓地点了点头。多润的手臂好像被什么撞了,一直用左手揉着右小臂;海仁把纸筒在桌子上摆放整齐。晓兰朝袖手旁观的老师说:

"要不一边办海报展,一边办一些小规模活动也不错。"

一名二年级学生大声说"好!"他是真觉得这点子好,还是想尽早结束这场会议呢?不管怎样,最起码有一个人赞同了。晓兰微微张开紧闭着的嘴唇,"呼"地舒了口气。老师扫了一眼一年级的学生,说:

"那么,下次会议上,一年级同学每人提出三个关于这次庆典的点子吧。今天的会就此结束。"

"就我们?"

海仁提问,老师扑哧一声笑了。

"学长学姐们现在得学习啊。从现在开始,这次庆典由一年级学生负责。"

二年级学生先离开了社团活动室,四个一年级学生表情不一,心情各异,定在原地。晓兰先说了一声"对不起",她说自己并不是硬要改变什么,只是以为在会议上可以自由地发表意见。说着说着,她的声音变得越来越小,越来越含糊。

海仁对恩智说:"今天先这样,我们走吧。"恩智犹豫了一下,对晓兰和多润说了一声"我们走吧",就跟着海仁先出去了。恩智和海仁走在前面,多润和晓兰则走在后面,与她们保持着五六步的距离。

海仁低声嘀咕:

"听说我们学校去年有两名学生考上了外国语高中,没一个考上科学高中的。"

恩智也跟海仁一样,压低声音说:

"老师最搞笑。"

"学长学姐们现在得学习啊。那几个人明明学习不怎么样,喊!"

海仁模仿老师的口吻说着,把恩智逗得用手捂着嘴直笑。不过是一句很平常的玩笑,却越想越好笑,二人对视着,又笑了好一会儿。

海仁和恩智的这种举动，全都被已落后十几步的晓兰看在眼里，她觉得很不顺眼。海仁把嘴贴在恩智耳边，严肃地说了些什么，恩智又把嘴贴在海仁耳旁窃窃私语，然后二人突然相视一笑。她俩像受到了惊吓般耸动着肩膀环顾四周。晓兰觉得她俩像是在说自己，多润似乎也很在意她俩。

　　"她们俩可真亲密呀。"

　　自此，晓兰察觉到了她和海仁的关系变得有些别扭。海仁每次都早早地到电影社活动室，把书包放在旁边的座位上，给恩智占座。开会的时候大家分享零食，海仁却唯独不吃晓兰带去的甘栗和香肠。哪怕在走廊上偶遇，面对晓兰热情的问候，海仁有时也只会淡淡地回一句"啊，你好啊"。晓兰被一种难以言喻的情绪包围着。自己是生气呢，还是伤心呢？她变得有些无能为力。

　　这次庆典，由于老师和学长学姐们都撒手不管，筹备工作一直没有进展。恩智协调了四个人的时间，把大家聚到了新开业的冰沙店里。她从钱包里掏出一张信用卡，给大家看。

　　"你们随便点。今天交辅导班的学费，所以我带了妈妈的信用卡！"

　　晓兰问：

　　"一刷卡，你妈不就会收到短信吗？"

"今天没关系。只要不乱花或者花太多，我妈不会说什么。交学费的日子就是刷妈妈信用卡的日子。"

"我一刷卡，妈妈立刻就会打来电话。"

"我就是因为这样才一直上着辅导班的，这都是我妈的策略。"

尽管恩智请客，她们也不好意思花太多，只点了一个大份的柠果冰沙。取餐铃响时，海仁距取餐处最近，过去取了冰沙、勺子和餐巾纸。她把冰沙和盘子放在餐桌上，突然愣在那里。

"咦？我怎么只拿来三个勺子呢。"

刹那间，晓兰感到很委屈。当然，这三个勺子并不是为晓兰以外的三人准备的，也不是海仁有意为之，更不是不想让晓兰吃。对这一点，她也很清楚。尽管如此，她还是掉下了眼泪。她不想让她们看到自己哭泣的样子，就提着书包走出了冰沙店。她内心期待着：至少会有一个人追出来哄哄我的吧，但自始至终没人追出来。

晓兰心想：我得退出电影社。听说去年就有人换社团，今年应该也可以吧。跟电影社的老师说一下？还是问问班主任？应该跟同级生们打招呼吗？借此机会，干脆就把心里话都说出来？晓兰纠结得一整晚都辗转反侧。所以，第二天在课堂上一直打哈欠。

放学后，晓兰走出教室时，多润在鞋柜旁站着。多润问她："你有空吗？"晓兰回答："我还要去英语辅导班，所以只能抽出十分钟。"

"哪个辅导班？"

"叫常春藤联盟学校。"

"是吗？那我们一起去吧。我也去百亚大厦。"

晓兰和多润手里各自拿着一根冰棒，坐在百亚大厦一楼便利店前面的遮阳伞下。这时，晓兰想起了智雅。小学五年级的一个冬天，那天下着雪，她跟智雅一起吃冰激凌。智雅喜欢吃冰激凌，即便到了隆冬时节，她也总是边走边吃冰棒。此时此刻，悉尼应该是春天吧？智雅在那里也照样嘴里叼着冰棒走路吗？看着愣愣地沉浸在思绪中的晓兰，多润说：

"海仁肯定不是有意孤立你的，她真的是失误，不过这的确会伤你的心。我懂你的感受，我跟你一样。"

"她们看起来和你很要好啊，你们仨平时不是经常聊天吗？"

"是吗？不管怎么说，她俩也太黏糊了，确实让人有点别扭。我也会有那种只有我不知道他们在笑什么、只有我被排斥在外的感觉。恩智其实还好，但海仁确实有点儿……"

说到这里，多润闭上了嘴。

晓兰咯吱咯吱地咬着冰棒的木棍，回味了一下多润所说的"黏糊"。在播放着电影、没开灯的电影社活动室里，海仁和恩智总是坐在最后一排的角落里。晓兰坐在前一排，有时会听到她们两个窃窃私语，也会听到"呵呵"捂嘴偷笑的声音。

晓兰想起那个升起血月的夜晚。她并不嫉妒她俩，也没有特别反感其中某一个人，但就是心里难受。原本渗出一丝巧克力味的木棍，开始透出苦涩而令人反胃的纸味，这时晓兰说：

"我原本打算退出电影社来着。"

"所以我今天才要和你聊聊。"

晓兰非常感谢挽留自己的多润，但觉得她之所以挽留，并不是因为喜欢自己，也不是为了自己，而像是因为她不想独自一人感受被孤立的心情，所以晓兰并不怎么高兴。晓兰很想问多润：那天你为什么没追出来？晓兰纠结着该不该说出自己的心里话，该说到什么程度。就在这时，多润接着说道：

"我再怎么挽留，决定权还是在你手上。但是，我想告诉你，你此时此刻的心情是正常的，我也感同身受。我怕现在不说，以后就没机会了。"

晓兰从椅子上起身，说了声"我们走吧"。她把包装袋和木棍准确地投进门口的垃圾桶后，走向大楼入口。这时，她问多润：

"你上几楼?"

多润犹豫了。

"怎么,还保密?"

"不是,其实我来这儿没什么事,我现在得回家。"

"啊,是吗?那拜拜。"

多润笑了笑,朝晓兰挥了挥手。晓兰莫名地感到歉意,犹豫不前。多润说:

"你进去吧。"

"嗯,你先走吧,你走了我再上去。"

"不用了,马上要上课了,赶紧上去吧。"

自己竟然跟多润纠结谁先走的问题,不知怎的,晓兰竟觉得她俩很像海仁和恩智。虽然有些难为情,但心情也还不错。虽然晓兰和多润的关系不像和海仁之间的那么别扭,但就是莫名其妙地对她没有好感。不过现在,晓兰对多润产生了一丝好奇。就在这时,离她两三步远的多润又往回走了一步。

"我也不太喜欢她俩,尤其是海仁。但是,不知怎的,我总感觉我们四个在一起就会相处得很好。"

像刚告白了似的,多润慌忙转身跑开。晓兰看着多润渐远的背影,嘀咕了一句:"真的吗?"

其实,晓兰不在常春藤联盟学校补习。自从跟智雅失联后,晓兰对学习就失去了兴趣，不再上任何辅导班。真不知道自己何时才能找回以前的心态，恢复正常的生活。她上到百亚大厦三楼后，又下来了。

晓兰比约定时间整整晚到了十分钟。但不知怎的，电影社活动室里只有海仁一个人。

"来啦？"

海仁以前一次也没有主动打过招呼，这次却先说话了。晓兰简短地答了一声"嗯"，就在隔着海仁一个空位的位置坐下了。海仁瞅了一眼晓兰，说：

"我还担心你要退出呢。"

"为啥？你怕同学们怪你？"

"你如果退出了，肯定是因为我呀。"

晓兰笑着叹了口气。

"早知如此，何必当初？"

"我并不讨厌你，都怪我单纯。"

虽然一点都不明白她在说什么，但晓兰奇妙地感觉原本束缚着的心一下子轻松了很多。这次她没叹气，只是笑了笑。心想：不聊天，隔着坐，不对视，其实就这样待着也没什么嘛。就在这时，恩智和多润推门进来，仿佛活见鬼一样惶惶不知所措。

最终她们决定用影星的照片做一个人形立牌放在副楼前面,就是所谓的拍照区。海仁反对:谁会那么幼稚地在那里拍照呢?但其余三个人都很兴奋,认为肯定会有很多人想照。

"李海仁,你想象一下,有一个大小跟真人完全一样的BTS的人形立牌,难道你不想站在那旁边照相吗?"

"那我肯定照啊,行,那就做吧。既然这样,做个能跟影星挽胳膊或搭肩膀的姿势吧。"

她们还决定布置一个能欣赏电影插曲及动画片的展台,这次就不办海报展了。原以为这次会议也讨论不出什么结果,却蛮顺利地结束了。

真的平安无事地结束了。平平安安地度过了会议及那一天,而且那件事也就这么过去了。晓兰回味着"平安"的含义。平,平静的平;安,安定的安,没有事故,平稳安全。晓兰曾经非常希望发生惊天动地的事情。早晨一睁眼就期待今天能发生新鲜、快乐的事。尽管期待落空的日子更多,但她也不失落,因为可以期待明天嘛。但不知道从什么时候开始,她却希望平安无事地度过新的一天。晓兰开始忐忑不安地度日,即便平安度过今天,心中仍然抹不掉对明天的不安。晓兰仍然无法忘怀心境产生这种变化的那一刻。当时,她意识到自己不再是小孩儿了。

怎么就那么巧，只有我跟海仁在那里？晓兰百思不得其解，就问多润：是不是你们有意安排的？多润咯咯地笑了。

"电影看多了吧。"

从定做人形立牌到租赁音响、获得播放电影音乐及动画片许可等，皆是四人分工完成的。在庆典筹备工作中，还包含着制作海报、贴地标、整理坐席、印制签到表，以及打扫电影社室内等琐事。她们四人瞅着那些偶尔过来一趟，只会指手画脚、动动嘴皮的二年级学生，就商定明年还要加入电影社，但绝不能像他们这样。

晓兰负责在地面上粘贴箭头。她一边哼着歌，一边把透明胶带贴在箭头上，用手掌"啪啪啪"地拍打几下。恩智在活动室打扫，所以出来晚一些。她站在箭头前面，犹犹豫豫地说：

"哇哦，真不错。不过，一旦下雨恐怕会被弄湿，再多贴点胶带吧，这事我来做。"

恩智在晓兰已经粘贴的透明胶带上面又贴了几层。多润远远地看着她俩，大喊：

"喂，间距太大了，估计没人能找到这儿。在每两个箭头中间再贴一张吧！"

晓兰一心贴箭头，头也不回地回答：

"想来的都能来。"

最终，多润在每两个箭头中间又多贴了一张。她叫海仁也一起做，海仁却摇摇头，进了活动室。

"反正同学们不会看，这不是老师让做你们才做的吗？你们真以为同学们会按照箭头找过来？"

她们争吵了多次。在艰辛、疲惫、困难面前，大家都变得很敏感。容易失望、发火、放弃。她们既暴露出自己最糟糕的样子，同时也看到了对方最糟糕的样子。因而，她们在某些方面更加信任彼此，而有些方面则变得更别扭了。不管怎样，整个筹备庆典期间，晓兰、多润、恩智、海仁成了整天形影不离的"四人帮"。

星期三，举行展览。小礼堂和副楼大厅内，摆放着木工艺品、生活瓷器、书法作品、流苏花边等社团的作品；走向教室沿途的临时公告栏上，展示着学生们在美术课上的画作。

从星期四开始，在副楼美术室、会议室、烹饪室里，体验活动开始了。虽然制作环保购物袋和捕梦网活动是收费的，但很受大家的欢迎；爸爸们现场制作销售的辣炒年糕和迷你紫菜包饭摊位旁也挤满了人。人气最旺的是数学社团的塔罗牌摊位。

数学和塔罗牌有什么关联呢？短期速成学来的解说可信吗？尽管如此，队还是排到了走廊。由于副楼里人潮汹涌，就连位于半地下的电影社活动室也变得很热闹。

整点举行的动画片放映会，场场都是满座；欣赏音乐的摊位，也座无虚席。她们原以为仅在做筹备工作时会忙一阵，一旦庆典开始就会没事可做。但是，整个庆典期间，她们这些一年级学生得一直守候在活动室。由于观众多，售票、带位、清场等工作也很繁重。

有一次，一位像是学生家长的中年男子还过来借钱呢。他说："我忘带钱包了，请借给我一千韩元。"

"我是二年级一班元才的爸爸。同学，我家小儿子没付钱就吃了一个紫菜包饭，所以才来借钱。我明天还会来的，到时候一定还钱。"

"那您跟卖紫菜包饭的同学爸爸说下，明天把钱送来。"

"哎呀。我们都是孩子的爸爸，怎么好意思开口呢？就借给我一千元吧。我不会赖账的。"

在多润为此犯难的时候，在远处铺放折叠椅的海仁走了过来。她从兜里一拿出纸币，那位家长立刻伸出手。海仁往后退了一步，问：

"您是二年级一班谁的父亲来着？"

"啊，元才，叫元才。我是元才的爸爸。"

"什么元才？"

"什么？姓金，金元才。"

海仁把一千元放在他手上，嘱咐他到时候一定要还。他点头应允，就急匆匆地溜出了活动室。多润摇摇头，转过身去。海仁自言自语：

"看这样子，超市、饭店那种地方得有多少奇奇怪怪的人啊！"

晓兰插话道：

"对呀。我妈是超市负责人。她说，超市里真的什么人都有。她还说，做收银及客服工作的女士们都很辛苦、很可怜。"

多润突然扑哧笑了。

"叫那些妇女为女士？太搞笑了。女士，还叫女士呢。"

海仁默默地回到银幕前，继续摆椅子。二年级学生还算有一点良知，买了一点零食前来慰劳她们。他们说，一班没有叫金元才的学生。什么？这是骗钱啊，这位叔叔真搞笑。说着这些，大家都笑了起来，只有海仁没笑。恩智问她：

"李海仁，要不我们出去找找那位叔叔？"

海仁没回答，其实是她没听见恩智说什么。她一直想着"可怜的女士们"这句话。比起多润说"称呼她们为女士很搞笑",她更讨厌晓兰说的"女士们很可怜"。

当庆典的最后一个节目——社团表演结束后,多润硬要独自搬人形立牌。那个立牌高一米八,还伸出一条胳膊,摆出勾肩搭背的姿势。多润抱着这个人形立牌下台阶时一直晃荡。人形立牌安全地送进活动室后,恩智马上鼓起掌来。

"蛮像互相搀扶的情侣。"

多润拍了拍立牌的屁股。

"这三天你辛苦了,我的扁扁的恋人。"

原本排放整齐的椅子乱作一团,认真粘贴的地面箭头与透明胶带粘在一起,变成了大块的粘胶,被堆在桌子上。当她们好不容易整理完毕出门时,海仁的肚子咕咕叫了。

她们在恩智家举行了睡衣派对。那日是庆典最后一天,还是个星期五,恩智妈妈给所有的家长打电话,得到了各位家长的批准。她们一起吃了恩智姥姥做的海鲜辣炒年糕和饭团,还难得在一起玩大富翁游戏。这时,恩智妈妈又点了炸鸡外卖。孩子们虽然嘴上说"肚子饱了,吃不了",但炸鸡一到,又都嘬着油乎乎的手指,吃得干干净净。海仁几乎没怎么吃炸鸡。恩智问她:"你怎么不吃?"海仁本想说实话:我不喜欢炸鸡,但还是回答:"辣炒年糕吃得太多,肚子饱了。"海仁心想:这样才有礼貌，得对得起恩智妈妈和朋友们。

过了晚上十二点，她们才轮流洗漱，齐齐地躺在铺着褥子的客厅地板上。恩智躺在最里面，然后是晓兰、多润和海仁，大家就是随便躺的，好像谁都不在意铺位。晓兰觉得躺在中间很开心，因为两边躺着跟自己关系不错的恩智和多润，并且恩智和海仁隔得很远，而且她们俩是很自然地被隔开了。

"终于结束了！"

海仁心情舒畅，在褥子上翻滚着高呼。恩智姥姥从卧室出来，说了声"哎呀，这些大小姐都乐开花了"，既没说让她们保持安静，也没督促她们早点睡，而是去一趟洗手间后就回了卧室。

她们嘴上说后悔，说太累了，明年只做海报展览，却一直聊庆典的事儿：拍照区的人气简直超出了想象，还有人排队等着拍照呢。没想到动画短片的票能售罄。刚才单独来听OST的初三学长很不错吧？谁呀，那个穿蓝色开襟羊毛衫的？不知道，我可没看见一个不错的学长，倒是看到了不错的学姐。那两个高个子？对！很漂亮吧？大家好像聊着聊着就睡着了，一个个地安静下来。就在这时，海仁说：

"我放在左边了。"

"什么？"

晓兰问。海仁不说话，多润说：

"她睡着了，说梦话呢。"

两人笑了一小会儿，之后又静下来。晓兰的脑海里浮现出朋友们在活动室用紫菜包饭充饥、坐在角落里做辅导班布置的作业、抹恩智口红的模样。不知是想得太多，还是换地方的缘故，晓兰翻来覆去，睡不着觉。

当她迷迷糊糊快要睡着时，忽然闻到一股柔顺剂的香味。小时候，有一次外出回家的路上，她在车里睡着了。爸爸为了不惊醒她，小心翼翼地把她抱进屋，还给她盖上了被子。那是明明知道，却由于被深深的睡意困住而无法苏醒的感觉。就是那种感觉。晓兰在睡梦中想着，家里新换了纤维柔顺剂？啊，等一下，这里是哪儿？现在是几点？她忽然在惊慌中睁开了眼睛。

她看到陌生的圆灯，感受到被子陌生的触感。右边睡着多润，左边却空着。她就像开了开关似的睡醒了，这才想起现在是办完学校庆典的夜晚，大家聚到恩智家，玩着玩着就睡着了。但是，恩智不见了。晓兰坐了起来，隐隐约约的夜光透过窗帘折射进来，多润饱满的额头显得更加突出。晓兰伸长脖子，看了一下海仁还在不在。

"醒了？"

晓兰颤了一下，回头望着发出声音的地方。恩智坐在客厅角落的按摩椅里看着晓兰。晓兰心想，虽然被她发现了环顾四周的样子，但不可能被她看穿心思，于是故作镇静地反问：

"你在那里做什么？"

"不知道是因为太累，还是因为换了睡觉的地方，一直睡不好。"

"我也一样，那也得睡啊，过来躺下来吧。"

恩智身下发出咯吱咯吱的响声，从按摩椅上下来。她回到原位，也就是晓兰旁边，钻进了皱皱巴巴的被窝。恩智把身子转向晓兰这边，睡意蒙眬地低声说：

"对了，那个按摩椅呢，我姥姥早晚都很认真地坐在上面做按摩。但是，在我家里坐在那儿时间最长的是我。我不开启按摩模式，只是坐在那里。我觉得坐在那里，有一种被人抱着的感觉，还能闻到姥姥的味道，所以特别舒服。"

"啊，是嘛。"

晓兰礼貌性地回了话，但觉得自己要哭了。恩智把脸靠近晓兰，近得一伸手就能触摸到，与她四目相对。她仅仅对自己低声讲述了一件稀松平常的事。但她此刻的心情，难以简单地用开心来形容。晓兰觉得在朋友们制造的情感板块里，自己已凿开那硬壳，嗖地钻进去了。

庆典结束后,四人经常聚集在恩智的班里。学校禁止学生课间休息时去别的教室。如若发现会被扣分。尽管有这样的校规,还是没人乖乖地待在本班级教室里。扣分事项很细化,但学生并不怎么害怕,而老师们除了扣分,别无他法。所以就形成了扣分严格——学生无视——老师没招的无限循环。

恩智那里有很多玩儿的东西。她手里总是提着便当包大小的化妆包,里面装满了各种化妆品及化妆工具、一次性睫毛、美甲护理产品、文身贴纸和耳环、耳钉等小饰品。她们要么往指甲上贴贴纸,要么戴耳钉,尽情玩乐。

最终,迎来了"期末考试"这场危机,一年以来学习的全部内容都属于考试范围。四人整天在手机聊天群里聊天,互相查看复习进度,还互问自己不懂的内容。虽然在各自的房间里,却像在一起学习。太困时就眯一会儿,叮嘱朋友们到时候叫醒自己;心不在焉的时候,通过视频相互监督。多亏这样,她们加深了对彼此的了解:多润竟然也有散漫的一面、海仁经常挤青春痘、恩智喜欢小声嘀咕着背诵、晓兰的妈妈经常进房间。她们约好以后也以这种方式学习。

初二时,多润和晓兰被分在同一个班,于是晓兰的课桌成了据点。晓兰喜欢朋友们聚到自己这里。但是,大家聚在一起,却各自玩手机。她们戴着耳机听音乐、看视频,转发照片墙（Instagram）、脸书（Facebook）上的文章。有时点赞，有时跟帖。

不知怎的，晓兰觉得朋友们看起来并不快乐。是出于义务相聚？还是我这里没意思？她感到纳闷儿，但没问她们。晓兰不知道怎么问她们才既不尴尬，又不伤和气。她若是精于此道，当初就不会跟智雅断绝来往了。

初三时，多润和晓兰还是同班。但是，四人不再像以前那样每到课间休息都聚在一起了。

自"KTV 事件"后，晓兰独处的时间骤然多了起来。她还整天戴着耳机。这款 Airpods 耳机是上次过生日时，她缠磨妈妈买的。她用耳机死死地堵住耳朵，不理会任何人。每天早晨，素颜来上学的女生们忙着化妆。在某个忙碌的早晨，晓兰的同桌拍了拍她的肩膀，问她：

"你在听什么？"

晓兰摘掉耳机，简短地回答："歌。"

"真的？音量应该很小吧，外面根本听不到。"

晓兰的脸唰地红了，装作若无其事的样子笑了笑，又重新戴上耳机，但她的心猛烈地跳动起来。实际上，晓兰的耳机里没有任何声响，她怕同桌问自己听什么歌，或说要一起听歌，赶忙趴在书桌上。同桌又拍了拍她的肩膀，她没起身，只是把头侧向同桌，摘掉耳机。同桌一脸担心地问：

"没事吧？"

"什么？"

"你真的没事吗？"

晓兰很想问：我能有什么事，为什么这么问。但她硬是忍住了。

当时，KTV里还有同校生。而且偏偏是晓兰、多润的同班同学。说是其中一人去洗手间回来时，听到她们的争吵声，透过玻璃门看到了她们。第二天，教室里就到处传，总是黏在一起的四人在KTV大吵一架，有两个人吵得不可开交，剩下的两人，虽然有一个人不知道是谁，但另外一人分明是晓兰。吵架、哭泣、拽着头发翻滚在地，分成两派二对二打架。不，是三个人欺负、排挤一个人……传闻越传越夸张。

"多润、恩智和海仁依然处得很好，只有晓兰被排挤了；三人准备报考特高，只有她不是；她一开始就不合群……"晓兰得知这些传闻在多个聊天群或朋友们的设为私密的SNS里被谈论着。同桌一脸担心，给晓兰看某个群里的最后一句话：车晓兰为人挺善良的。

晓兰把手机还给同桌，说：

"以后谁再说这话,你就跟他们说'车晓兰人品真的超级烂'。"

同桌愣了一下,回答:

"疯丫头。"

"嗯,说我是疯丫头也行。"

同桌扑哧一笑。

"看样子你确实没事,那我就放心了。"

晓兰也跟同桌一起笑了,但心里并不舒服。两年多来,四个人一直形影不离。情感和权力纷乱变动,交错分化。她们之间有过裂痕,又和好如初,也曾心生嫌隙,各自心伤,尽管表面上云淡风轻。就如天鹅,在水底下一个劲儿划动双脚,但在湖面上尽显优雅姿态。

当我们走得最近的时候　　우리가 가장 친했을 때

　　二年级寒假快要结束的时候,恩智建议春假去济州岛玩儿。她说:"到了初三,大家肯定没法玩得很舒心,所以我们最后一起出去旅游一次。"欢呼雀跃的只有晓兰一人而已。她想:也许我们自己去家里会不同意,可恩智的妈妈也要跟着去,而且还住在恩智家的别墅里呢。所以,各位家长没理由不同意。海仁和多润一脸漠然,这让兴奋起来的晓兰感到尴尬。

　　"我可以问一下,但怕家里说没钱,不让去。"

　　"多情病着呢,我怎么能一个人去旅游?"

　　此刻,刚刚欢喜雀跃的晓兰比提这个建议的恩智还尴尬。恩智急忙补充说明:

　　"我们买廉价机票,往返还不到十万元呢,而且那里免费的景点蛮多的。至于吃饭问题,我们买食材过去,自己做饭吃就可以了。"

看到恩智如此迫切，海仁笑了。

"我也想去，真的。"

"那里有夜景很漂亮的公园。天一黑，就往外墙上投影，很受大家欢迎呢。"

恩智将手机放在桌子中间，从手机相册里找出视频播放。大家把头凑在一起看视频，连连发出"哇塞"的惊叹，突然，海仁直起腰来。

"啊，我不看了。没钱，我家真的没钱。"

多润也不看了。

"我也去不了。妹妹病着呢，怎么好意思自个儿出去玩呢。"

家家有本难念的经，此刻大家都明白了各自的处境。海仁和多润都以各自的方式难过着。恩智再次问道：

"照这么说，你们都是想去的？那我们就任性一次吧，就当一次不懂事、很自私的坏女儿吧。不管怎样，我们这些做女儿的太善良，是个问题啊。"

"你没什么可担心的，所以才说这样的话。"

"对，坏丫头。"

"我做我的坏丫头，你们也当一次坏女儿吧。为什么你们从一开始就想着装乖顺？依我看，你们都会得到家里人同意的。"

结果出乎恩智的意料，这三个朋友都没得到父母的同意，反对的理由也出乎意料。海仁妈妈觉得给恩智妈妈添太多麻烦了。她认为恩智妈妈照顾一个孩子就够累的，带四个孩子出去旅游还不得累死。海仁说：我们又不是时时刻刻需要照顾的小孩儿，恩智妈妈只是作为监护人同行而已。但这无济于事。

"那就我们几个去总可以吧？"

"海仁啊，妈妈累了。"

多润妈妈说："爸爸允许，我就让你去。"多润就给爸爸打电话，爸爸却斩钉截铁地说不可以在外过夜。他说：除了老师带队的正式活动，不到二十岁就绝对不允许在外过夜，还让多润别再提这种事。

"知道了，那我过了二十岁就能随便出去吗？"

"是的。但是，出去了就别想随便回来。"

晓兰的父母劝说道："济州岛太远，四天三夜的日程也太长了。你们干脆在咱家里搞睡衣派对吧。"

"哥哥在家，我的朋友怎么能在我们家睡呢？"

"东柱又不是流氓。不管是济州岛，还是睡衣派对，不行！都不行！"

得知三人都没得到许可，这下恩智妈妈也开始反对了："不仅让你的朋友们白白兴奋了一场，还让她们的父母感到为难了，所以还是我俩悄悄地去济州岛吧。"

"算了,两个人有什么意思。"

"好吧,算了。其实妈妈也不想去。"

四人垂头丧气地聚在一起发牢骚:真伤心,真失望,真没想到爸爸妈妈竟然会说那样的话。说着说着,大家想去的念头更强烈了,她们很想让父母们改变主意。

四人开了个碰头会,制定了日程表。大家在位于校门口的机场大巴车站集合,坐车到金浦机场,在济州岛玩个四天三夜,然后乘飞机回校门口。她们按照时间制定了具体行程,还查了交通费、景区门票、优惠方法等。不仅如此,所有的正餐及零食也纳入了计划表。餐厅的位置、菜单、价格,以及亲自掌勺时的具体烹饪法、食材费等都尽在掌握。她们还制作了紧急联系网及联系电话。晓兰和恩智把这些都制成了PPT,她们以应对随堂测试的心情,给各自的家人做了简单报告。

恩智妈妈和姥姥笑了。她们问:"你们就那么想去?这是谁的主意?其他家长是什么态度?"恩智回答:"我们都非常非常想去,这是大家共同的主意,朋友们也都在做报告,所以还不知道结果。"恩智妈妈回答:"你的朋友都得到允许的话,我们就一起去。"

海仁向妈妈保证绝不给恩智妈妈添麻烦,得到了妈妈的许可。

晓兰的父母还在犹豫,说:"你哥除了见习旅行,也还未曾离开家人出去旅游过呢。"晓兰使出了"撒手锏"。

"我会认真学习的,重新上英语辅导班,及时听网课。"

"你为什么拿你的学习谈条件呢?"

妈妈叹了口气,回了卧室。晓兰原本想跟着进去继续争取,但打住了。从小时候起,妈妈每每满足晓兰心愿的时候,必会提一些跟学习相关的条件。为什么我先提条件,妈妈就不喜欢呢?真搞不懂。晓兰回了房间。过了一会儿,爸爸敲了房门。

"如果我们同意你去济州岛,你真的会认真学习吗?会重上英语班?"

晓兰点了点头。

"知道了。但妈妈心情不好,你先跟妈妈和解吧。"

晓兰点点头,明明该回答的话都说完了,爸爸却不出去,直直地盯着晓兰。

"谢谢!"

"爸爸也谢谢你!"

爸爸这才淘气地挥挥手走出了房间。晓兰也跟着出去,打开了父母卧室的房门。妈妈正靠在床头看手机,看到晓兰进来,她就把头埋进被子里。被子开始上下起伏。妈妈是在哭吗?她有那么伤心吗?当晓兰小心翼翼地掀起被子时,里面传来忍笑的声音。

"妈妈是在笑吗?不是在哭?"

"我为什么要哭呢?有什么可哭的?"

妈妈轻轻拍了拍欲哭的晓兰。

"不管理由是什么,你真得认真学习才行啊。去济州岛也玩得开心些。"

晓兰回到自己的房间,打开手机。群里海仁和恩智已经在分享结果了。先是海仁发来"捷报",接着恩智也发来好消息。在两则消息下面是一头熊扭着屁股跳着舞的表情包。晓兰本想也发送好消息,但稍微等了一下。不知为何,她想先看看多润的情况。多润总是回消息很慢。

等了好一会儿多润也没有回话。晓兰感觉仿佛坐在牙科等候室里,里面混合着各种医疗器械的噪声、消毒水的气味和尴尬的静默以及紧张感。恩智问:"晓兰呢?"晓兰没办法,只能回复:"成了。""干吗不赶紧回消息?""吓死宝宝了。""紧张死了。"等埋怨的话顿时涌出来。

一个多小时后,未读消息变成了已读。又过了一个小时,多润回复了。"你们仨去吧。"晓兰叹了口气。多润说:"不是没有得到父母的允许,还是有点在意妹妹,但也不全是因为这个。"海仁问:"那你到底是能不能去呢?"多润回复:"我也不清楚。"类似的对话多次反复。晓兰自言自语:"多润到底想怎么办?"便把聊天窗口关掉了。

气温骤然上升。一周内,人们的着装从盖住膝盖的长羽绒服换成了轻便的风衣。晓兰本来特意买了一件要在济州岛穿的羊毛大衣,尽管天气变热,她还是想穿新衣服,于是就在里面穿短袖T恤,外面套上大衣。

晓兰最先到了机场大巴车站,恩智和恩智妈妈随后也到了,然后是海仁,最后是多润。多润妈妈也跟着来了。

多润之所以能跟她们一起出游,功归于晓兰。晓兰不断追问犹豫不决的多润:"恩智妈妈说了,哪怕只缺一人也不同意去,所以你要不去,我们谁都去不了。既然父母也同意了,你为什么还犹豫呢?"晓兰把主语"你"改成"我们",问了十多次:"我们到底能不能去?我们能去旅游吗?我们能去济州岛吗?"最终,多润哭着点了点头。

晓兰感到一丝愧疚,向多润妈妈鞠躬问好。多润妈妈穿着黑色拖鞋,白色的绒毛袜子特别显眼。多润妈妈温柔地摸了摸晓兰的头,然后靠近恩智妈妈,再三道谢。

"多润虽然嘴上不说,但我能看出来,她其实可想去旅游了。她今天凌晨就醒了,看了又看旅行包……多润一直以来因为妹妹,一次也没有旅游过,她这是第一次坐飞机呢。我家孩子就麻烦您照顾了。"

"不用担心,多润很懂事的。"

晓兰坐在开往机场的大巴里,回味着多润妈妈说的话:"看得出多润很想去旅游,看了又看旅行包……"明明自己也很喜欢,还让朋友们为此操心。晓兰埋怨起了多润。当时,多润说对不住妹妹,还哇哇大哭了呢,随着哭泣声,她窄小的肩膀不停地抖动,额头上汗珠涔涔,暴起青筋。现在,在歉疚和激动之间,多润的心情到底如何?晓兰觉得后背发热,脱了大衣。

她们先去了梨湖海边。到济州岛旅游,先得看大海,确切地说是得先看冬天的大海。她们老早就把日程表的第一行程定在了离机场最近的梨湖海边。恩智妈妈坐在能观赏大海的咖啡厅喝咖啡,孩子们则在海边漫步,蹦蹦跳跳,还投掷被海浪推到岸边的海带玩儿。天气晴朗,远处的汉拿山清晰可见。蓝蓝的海面上,阳光晃出点点金光。

她们乘车去吃晚饭时,晓兰看到车窗外"柑橘采摘园"的牌子一闪而过。她无意中嘀咕了一句"那里应该很好玩儿"。副驾驶座上的恩智伸长脖子,问她说什么。

"刚才经过了柑橘采摘园。我们为什么没想到呢?济州岛的橘子可是很有名的呀。"

"对呀,摘柑橘很好玩儿呢。"

"你摘过?我一次也没摘过呢。我挖过地瓜、土豆、花生。这么一说,我只从地里挖过东西呢。"

她们纷纷表示遗憾,恩智妈妈透过后视镜瞟了她们一眼。

"现在体验也可以嘛,未必得按计划表来吧?要不现在掉头?"

伴随着孩子们的欢呼声,车转了个大圈掉头了。

农场老板给了她们四个篮子,里面各放着一双棉手套和修枝剪。老板说:"尽量把柑橘的梗剪掉,以免树枝把篮子里的橘子划破。个头小的橘子也都熟透了,所以无论大小,都可以采摘。"并附言,"外皮上的白色粉末不是农药,而是营养剂,所以别担心。

"只有装在篮子里的能带走,但在这里可以尽情地吃。橘子皮随便扔在地里就可以了。"

"有时间限制吗?"

"还有必要限制时间吗?你们尽情地吃吧,橘子是吃不了多少的。"

"我们最近食欲很旺呢。您没有正在长身体的侄儿侄女吗?每个人至少能吃一箱吧。"

"嗯。那么，别尽情吃，还是凭良心吃吧。别忘了，官方推荐橘子一天最多吃俩。"

老板轮番瞅瞅这四人，冲她们眨了眨眼。

一进橘园，恩智只顾着吃；海仁一边顺手摘橘子放进篮子里，一边不停地吃起来；多润把大橘子放进篮子里，只挑较小且长得较丑的橘子吃；晓兰挑选圆润漂亮的橘子，精心剪掉枝梗，装进篮子里。多润嘴里填满橘子，咧着嘴笑起来。多润看到恩智用困惑的眼神盯着自己，赶忙把嘴里的橘子吞掉，然后说：

"我们竟然在计划之外的柑橘采摘园里，用橘子填饱肚子，这事越想越好笑。而且，橘子太好吃了。这是我有生之年吃过的最好吃的橘子。"

她冲着晓兰说：

"所以啊，车晓兰，你也先尝尝。"

晓兰这才剥开手里的橘子，塞进嘴里。她的眼睛顿时瞪大了。多润扑哧一笑，问晓兰："好吃吧？"晓兰使劲儿点了点头，反问：

"这跟我们在超市里买的橘子品种不一样吗？"

"一样吧。"

"可为什么这么好吃呢？"

海仁回答：

"那是因为这是在外面吃的。"

多润以一副很认真的表情说：

"那是因为没期望，没预想，没做计划。"

恩智摇了摇头。

"以前妈妈说过，我们在超市里买的橘子都是在还显绿时被摘下来，在运输过程中熟的。但这些橘子自始至终都在树上，在阳光下，是吸收着营养成分熟透的，所以口感自然不同。"

海仁笑着，推了一下恩智的肩膀。

"多润难得说了一句感人的话，你还一本正经。"

由于白天短，太阳很快就落山了。温和的橘色夕阳扩散在橘树枝头之间。晓兰摘下一个圆润饱满的橘子，转动着它，用衣袖擦了擦。擦掉灰尘，橘皮在阳光下闪闪发亮，让她实在舍不得吃下去。恩智刚才说的话萦绕在晓兰的脑子里。世上有一种显绿时就被人摘下而后自己成熟的橘子；还有一种始终在树上，在阳光下，吸收着营养而熟透的橘子；还有枝梗被剪掉后仅靠有限的营养成长、变甜的果实。我，还有你们，接近于哪种呢？

她们在农场老板推荐的中餐厅吃了海鲜炒码面，之后去了她们的住处——恩智家的别墅。

　　她们关了灯,并排躺下来,漫无边际地聊起了今天的所见所闻、所吃所想。大海太蓝,沙子太黑。原本不在计划内的柑橘采摘园也很好。不久前去釜山旅游的晓兰说:"我一走出釜山火车站,就能闻到大海的味道。济州岛机场却不一样,很新奇。"

　　"但是,这里有椰子树啊!"

　　"可能是为了不让你失望,特意种的吧。"

　　"炒码面里放的海鲜也多,果然炒码面还是济州岛的最好吃啊。"

　　"济州岛的饮食,当数炒码面。"

　　济州岛的炒码面最好?还是济州岛的代表饮食是炒码面?她们短暂地争论一番,但并没有达成共识。多润说:"飞机太小太冷了,完全出乎意料。"

　　"我这是第一次坐飞机呢。本以为读着书睡着了,空姐会过来给我关灯,盖毛毯呢。像航空公司的广告里说的一样。"

　　"就像电视剧里演的那样?"

　　"商务舱更宽吗?谁坐过商务舱?"

　　"得当上元首夫人,才能享受到多润期待的那种待遇吧?"

　　"多润啊,你以后一定要成功,乘坐商务舱出行。我是没指望了。"

多润回答：

"到时候，能跟多情一起出行就好了。"

恩智躺在多润身旁，她抱住多润"啵"的一声亲了她的脸。

"哎呀，我的金多润，不这么善良该多好。"

恩智的这句话，让晓兰浮想联翩。那是一次初冬的体育课。当时，多润满脸通红，老师把手背贴在她的额头和脸颊上，一脸担心。

"多润啊，你去保健室吃点退烧药后休息吧，这堂课就别上了。"

整个午休时间，多润一直蒙头盖着羽绒服。晓兰心想：把头蒙得这么严实，不发烧才怪。晓兰认为是多润不想上体育课，所以才故意这么做的。多润在保健室有没有开退烧药呢？有没有吃呢？

让多润去保健室后，老师走到同学们身旁，喊着口号，一起跑起来。老师用她那长腿大步奔跑，提速。晓兰很喜欢体育老师，那是因为她以一米七的大个子，俯视大多数孩子；因为她比一上体育课就摆架子的田径部同学跑得还快；因为她伸开修长的手指，能单手拿起篮球。还有，她那束成马尾辫的长发轻快晃动的样子也很好看。

但是，体育老师不认识晓兰。恐怕连晓兰的名字、长相都不记得,甚至都不知道班里还有她这号人。晓兰在带球测试时,并没有像别的同学那样为了追赶无意中弹出去的球而成为笑料;也没在测试柔韧性时发出吭吭的呻吟;也没有故意怄气,走着完成百米跑。她是一个既不优秀也不落后、毫不起眼的学生。多润在体育课上的表现跟晓兰差不多。但是,老师认得多润,不认识晓兰。

能让老师们印象深刻的学生要么学习好,要么可怜且可爱,要么令人操心。晓兰想,多润很聪明,她不可能不知道老师们的这种标准。但是,多润好像并不想拒绝这些关心和同情。也是,别人关心自己、照顾自己,又没有坏处。

直到同学都进了教室,下堂课的上课铃响起,多润才脸色煞白地回到教室。多润周边的同学们纷纷问她怎么样。

"刚才还发烧呢,现在却开始发冷了,怕是感冒了。"

多润急忙穿上羽绒服,后座的同学帮她拾掇了一下绞在一起的衣袖,让她能穿好衣服。多润回头用唇语说了声"谢谢!"那个同学扑哧笑了。多润一回头,刚巧跟正在愣愣看着这个情景的晓兰四目相对。这次晓兰用唇语问"没事吧?"多润点了点头,又用唇语表示"谢谢!"晓兰也冲她笑了笑。

在结束旅行的最后一个晚上,恩智妈妈给她们点了炸鸡外卖。

"不许吵架,不许喝酒,我已经查看了还剩多少罐装啤酒哦。"

恩智妈妈结完账,回了卧室。不知怎的,她们都觉得这个场合太正式了,所以感觉很别扭。

恩智家的电视频道只有公共台,晓兰一边调台,一边环顾客厅。"我家一百多平方米,这里客厅的大小跟我家差不多;这里的房间虽然只有两间,却比我家的卧室大很多;庭院的面积比房屋占地面积大四倍吧?"晓兰想着想着,就不再想了。没必要知道这别墅多大、多贵,又不是因为这别墅才羡慕恩智的。

恩智性格大大咧咧,哪怕第一次吃的食物也会毫不顾忌地一下子放进嘴里,走错了路就笑着返回来。她还鼓励紧张、疲惫的朋友,帮她们托背包,还逗她们笑。晓兰这几天跟她在一起,一直很羡慕她,还羡慕恩智和恩智妈妈朋友般的相处模式。她想,我也能跟妈妈成为好朋友吗?

没人看电视,海仁只看手机,恩智和多润小口吃着炸鸡,时断时续地聊起了与学校、朋友、辅导班相关的话题。听说谁跟谁分手了,上次那件事要告到校园欺凌治理委员会啊,常春藤联盟学校的校长跟旁边的儿科医院院长有一腿啊之类的。一人说,另一人就只是说"是嘛",并不补充或提问。聊天就像意大利面条似的断开,说到哪儿算哪儿。

海仁放下手机,靠近桌子。她拿起仅剩的一个鸡腿,漫不经心地咬了一口。刹那间,她的眼睛瞪大了。海仁直起腰,双手抓住鸡腿,近乎吮吸般细细地啃起来。

"太好吃了!"

恩智笑了。

"当然好吃了,你怎么一惊一乍的?炸鸡原本就好吃啊。"

"我妈说炸鸡的用油不好,所以总是用烤箱烤鸡。不过搬家时卖掉了烤箱,现在连那个也吃不上了。可能是很少吃的缘故吧,我觉得炸鸡不怎么好吃,很油腻,还容易涨肚。但是,但是这个太好吃了。我为什么以前不知道炸鸡这么好吃呢?"

海仁又啃一块儿,吐出细长的骨头。她突然深深地低下了头。晓兰慌了,问她:

"你在哭吗?"

海仁鼻尖发红,摇了摇头。

"真是万幸啊。所有人都知道炸鸡这么好吃,我现在终于也知道了。"

海仁对一个鸡腿还这么认真。对此,大家觉得很搞笑,但又莫名其妙地怜悯她。就在大家哭笑不得的时候,恩智突然说出了自己搬到新荣镇的缘由。这可是大家从未听过且没预料到的事情，没人搭话。晓兰的内心也泛起一层涟漪。共享秘密、以心换心、珍惜人际关系。晓兰不谙此道。她犹豫了一下，但还是说出了心里话。

"当初，我觉得你们都是怪人呢。"

"为什么？"

"进了电影社啊。"

"你不也进了嘛。"

恩智觉得气氛变得有些严肃，就转移了话题。

"我们现在能聚在一起，回想起来都多亏了多润。"

"那要感谢便利店的冰激凌。"

"但是，李海仁是个问题。"

"对，我是个问题。"

海仁和恩智两人一唱一和，就跟说唱对决似的，多润"呵呵"地抿嘴忍笑。

晓兰不觉得好笑，她们是说我跟多润在便利店吃冰激凌聊天的事情吗？海仁和恩智怎么会知道这件事？晓兰怕别人觉得自己在生气或斤斤计较，就小心翼翼地问："便利店的事是你们仨提前商量好的吗？"斜靠在墙边的多润急忙起身，解释道：

"碰巧聊到这事，我就说了。那还是事情过了几个月后，并不是我们仨提前计划好的，你别误会。"

晓兰心情很糟糕,却笑着说自己仅仅是好奇而已。她为了努力挤出笑容,右脸脸颊颤动。晓兰原本以为一年级时感受到的唯独自己被排斥的感觉已经完全消失了,现在却又突然冒出来。

大家都说:不想回家,不想分开,我们三年级的时候也进电影社吧,上高中也保持联系,后来又说到上同一所高中,就这么许下了如此重要的约定。

那晚,在恩智家别墅院子里仰望的月亮很大很亮。晓兰想起了那个升起血月的夜晚。

"大家瞧瞧天空,月亮很大吧?"

三人齐齐抬头望向天空。

"哇,真的。"

"月亮好像就在我们跟前。"

只有海仁满不在乎地反驳道:

"月亮在我们那里也升起啊。"

"是吧,不仅在济州岛,我们那里也会升,悉尼也是。"

"没头没脑地说什么悉尼呢?"

"说说而已。"

晓兰心想:以后看到夜空中升起巨大月亮的时候,可能想起的不再是血月,而是这次旅行吧。

这个约定对大家来说，很迫切，也很惊险，还充满了变数。她们明白：这次选择，可能会完全改变未来的大学、前途乃至人生。她们虽然已经明白，但这并不意味着她们已经接受，因为那只是瞬间的多种情感及考量交织的结果。她们只有十六岁，还是个夜晚，是四人一起的第一次旅行，这个决定多少有些冲动，但也不能不当回事，毕竟当时大家都是很认真的。

"没什么,只是觉得照一张土里土气的照片怎么那么难呢?"

听到晓兰的回答,其余三人的表情都变得跟晓兰一样了。

叹气、皱眉头,然后傻笑起来。

接续：入学典礼 다시, 입학식

"晓兰！"

只听声音，就知道是谁。还知道对方在做什么手势、表情是什么样、眼睛瞅着哪里。晓兰的心融化了，变得软绵绵的。就像庆典结束的那晚，又像掩埋时光胶囊的那个夜晚一样，迷蒙一片，简直不敢相信这是现实。晓兰转身，抬起胳膊挥了挥手。

"我看清楚了！别挥手了！"

尽管如此，晓兰还是没有停住欢迎的手势。恩智大步跑到晓兰身边，浓密的短发在耳边跃动。她的模样越来越近，越来越清晰。

"分到几班了？"

"二班。"

"我隔壁班啊，下课见吧。"

向二班教室走去的恩智突然回头，说：

"校服很适合你！跟初中相比好很多。"

"你也漂亮。"

"我原本就漂亮。"

晓兰吐出舌头，做出呕吐的表情，恩智却一点都不在意，大摇大摆地离去。

晓兰和恩智第一志愿都报了新荣镇高中，所以直接就被录取了。晓兰的妈妈刚开始很不乐意，最终还是接受了女儿"学习成绩更重要"的说法。现在还有两人去向不明：被取消江河女子高中录取资格并且户口被打回原籍的海仁，以及未能考上京仁外国语高中的多润。虽然她俩第二志愿都写了新荣镇高中，但究竟能不能被录取，谁也不敢打包票。

之前晓兰和恩智到每个班打听同学们报考志愿的情况，估算了一下填报新荣镇高中的学生人数，当事人海仁却很悠闲，她咯咯笑着说："新荣镇并不是外地学生为了进高中迁户口的地方。不管怎样，都会在填报志愿的范围内进行分配。即使上不了这所新荣镇高中，别的学校也都比它强。"多润则嘴上说"一切都会变好的"，暗地里却在查找附近有没有未招满学生的特高。她还想，如果被分到太差的高中，就先办理入学手续，再转学到还有招生名额的特高。

幸运的是，好像今年报考新荣镇高中的学生并不多。海仁和多润也都分到了新荣镇高中。海仁很平静，多润却哭了。恩智故意戏弄多润：

"上这个谁都不愿来的学校，至于高兴得流眼泪吗？啊！看来你是因为跟我上同一所学校，所以才这么感激涕零吧？"

多润流着泪扑哧笑了，晓兰也拍了拍多润的肩膀。只有海仁依然一副若无其事的样子。

"也许是因为不乐意才哭吧。不喜欢上新荣镇，也不喜欢跟我们纠缠在一起，所以才哭的吧？"

多润叹着气，怒视着海仁。海仁怵了。

"开玩笑的！"

正如海仁所说的那样，尚赫也上了新荣镇高中。多润这次也说："没什么，没关系。"晓兰也笑了，但心里感觉怪怪的。以后再不能跟尚赫无缘无故地亲近了。她们之间的误解、情感、关系等纠结在一起实在是"剪不断，理还乱"，但生活还在延续。

大家被分到了不同的班级。原以为这是一所每个年级只有五个班的小规模学校，也许一两个人能分到一个班里，结果四人却完全被拆开了。入学典礼结束后，晓兰和海仁、恩智、多润按照约定在校门口会合，那里有不少呆头呆脑的新生及其家人、分发辅导班宣传单的人等，熙熙攘攘，但没办法，因为当前她们四人都知道的地方只有这校门口。大家见面很高兴，但觉得校服很别扭，所以互相噘着嘴，忍俊不禁。

吃无限量辣炒年糕，去投币KTV唱歌，还有时间，就到地下商业街看衣服或逛逛附近的购物中心，再有时间和钱就去看电影。她们的日程总是如此单调。只要有谁提议去，大家就会呼啦跟上。但是，今天谁也没说"去吧"，晓兰对用运动鞋尖踩踏地面、无缘无故拉扯书包带的、咬着嘴唇的其余三人说：

"要不我们照张相吧？"

"照什么？"

"入学纪念照。"

海仁最不喜欢这种，偷偷地后退了。多润把脖子尽情地往后仰，大笑起来。

"听见了吧？她说什么？朋友们，看来车晓兰疯了！"

晓兰也尴尬地笑了笑。就在这时，默默地看着这三人的恩智开口了。

"照相挺好的，为什么反对？"

这个建议已经被否定了，恩智却毫不犹豫、毫不尴尬地又提了出来。对恩智的这种性格,海仁喜欢,多润新奇,晓兰羡慕。在朋友们犹豫的时候,恩智泰然自若地转身进了学校。"怎么了?她这是去哪儿?"其余三人自顾自地说着,跟在恩智后面。

"喂,你去哪儿?"

恩智回头,一副"干吗明知故问"的样子,说:

"去礼堂。"

"去那儿干吗?"

"照相啊。"

"在这里照不可以吗?"

"对呀,为什么要去礼堂呢,还得爬个上坡。"

大家算是同意拍照了,话题转为有没有必要去礼堂。她们一边斗嘴,一边不知不觉地走到了礼堂前。恩智用手指了指写有"祝入学"字样的三角形立牌。

"你们站在那里。"

三人扭扭捏捏地站在牌子前,恩智用手指挥,指定了各自的位置。

"挡住牌子怎么行呢?得把'祝入学'这几个字和学校名露出来,晓兰再往左一点儿,海仁紧贴着多润站吧。"

"咔咔咔",恩智连续照了好几张,多润说:"够了。"在三人僵硬的站姿开始稍微松动时,恩智环顾四周,突然跑向副楼。

她靠近一位看上去像个老师的大人，跟他说了点什么，然后，向他鞠了两次躬，并和他一起走过来。恩智把自己的手机递给老师，自己则站在牌子前。海仁、多润、晓兰三人都明白了恩智的意思，也纷纷靠了过来。老师看了看手机屏幕里学生们的站姿，歪着头说：

"同学们，中间的两位稍微分开些，'祝入学'被挡住了。"

刚才，恩智也说过这样的话。海仁和多润对视着扑哧一笑，挪动步伐，重新调整站位。

"表情放松些，就算是梨花女子大学的入学纪念照也不像你们这样表情木讷。"

老师的这句话，引得大家哄笑起来。她们笑起来形态各异：有把头往后仰的，有用拳头堵住嘴的，有抓住衣襟的，还有把肩膀靠在旁边朋友身上的。当她们释放自我，开怀大笑的时候，老师比恩智更认真地摁下快门，连拍了好几张。

老师把手机递给她们后转身离去。她们四个都把小脑袋凑在手机前面。"给我看看""你怎么闭眼了啊""这张照片很搞笑"……大家你一言我一语，像从米袋里倾泻而出的硬米粒。

"把照片转发到群里吧。"

"嗯啊，会发到群里的。"

"丑照也得都发出来。"

"明白。"

"不知道是谁刚才还说不想照相。"

"此一时,彼一时。"

恩智边走边上传照片,海仁怕她摔倒,就挽起了她的胳膊。

"好像最后一张拍得最好。"

这张照片的背景是礼堂的土色墙面,齐腰高的"祝入学"立牌两边,各站着两人。牌子左边的恩智和海仁相视而笑,立牌右边的多润笑得直往后仰,晓兰则把手搭在多润肩膀上。前面的两个台阶上放着各种鲜艳美丽的盆栽花,照片的焦距并没对准正中,而是略微偏向右下方。这张照片十分自然,但又让人感觉有些做作,这标准的角度、表情和背景,就像是设计好的一样。

晓兰用手指放大照片,细细地观察四人的表情,又缩小尺寸,看整张照片。然后,嫣然一笑。海仁问她笑什么,她却没意识到自己笑了。

"没什么。只是觉得这张照片,这么土的一张照片,照起来为啥这么难呢?"

听到这句话,三人都做出与晓兰相似的表情。叹了口气,皱眉头,然后傻笑。恩智用大拇指遮住了照片中的自己的脸。

"这里,差点儿就没我的位置了。"

她们各有各的打算和计划。
济州岛那夜做的约定似乎很重要,
但似乎又不太重要。
大家只是做出了最适合自己的选择而已。

接续：恩智的故事 | 다시, 은지의 이야기

初三时，恩智和海仁上了同一个数学辅导班。每当周五的课一结束，她俩必定先吃吐司或辣炒年糕，之后要么在游乐场消磨时间，要么在附近的购物中心乱逛。她们在服装店，试穿十几件根本不打算买的衣服；在书店，偷拍刊登在杂志上的偶像组合的照片；在化妆品店，涂抹指甲油或唇彩的试用装。最后她们会去饰品店戴上最华美的发卡自拍，被店员制止才罢休。尽管这些不属于不良行为，但不知怎的，她们不想告诉妈妈。

有一天，恩智和海仁去逛购物中心。她俩在书店读完拆了塑封的漫画书后，逛地下超市，吃了试吃柜台上的食物。当她俩正在吃装在一次性烧酒纸杯里的炸酱面时，海仁偶遇一个中年女人，她是海仁从前楼上的一位邻居。

"哎呀，这不是海仁吗？"

海仁急忙吞下嘴里的面条，给她鞠了一躬。

"嗯。对了，你们在这里做什么？"

"啊，过来买笔的。"

看着海仁含糊其词，恩智也跟着放下纸杯，舔了舔嘴唇。那个女人反复打量海仁和恩智后，对海仁说：

"我刚才在书店里也看到你了。"

"啊，对，我们在那里看了一会儿习题集。"

"是吗？那是习题集专柜吗？我上周五也见过你们。当时你在这栋楼的四层外面坐着呢。"

海仁慌忙回想上周五的往事。上周我们做什么来着？在四楼咖啡店里？啊！我们当时什么都没做。恩智和海仁都没带钱，只是坐在不容易招来店员白眼的四楼咖啡厅室外而已。当时，她俩各自玩了挺长时间的手机，然后一起听音乐，一边聊天一边在笔记本上涂鸦，后来就各自回家了。海仁觉得幸亏自己没做什么，但那个女人好像并不这么想。

"你为什么不回家，整天瞎转悠你妈会担心的。"

当晚，妈妈走进海仁的卧室，看着她的书桌，连连叹气。

"妈妈，难道丢了什么东西？为什么一直叹气？"

"妈妈叹气了？"

接续：恩智的故事

妈妈说："以前住在楼上的阿姨打来了电话。"她一脸疲态，说，"我们家再不成样子，你也不能这样啊。"

"不成样子"和"这样"里蕴含的多层含义压在海仁的肩膀上，她一下子感到很疲倦。妈妈不听她的辩解就出去了。这时，恩智发来了短信。

"我妈说不要把试吃柜台上的东西当晚饭，哈哈哈。"

啊，妈妈还给恩智妈妈打了电话？刹那间，海仁又气又羞，耳朵和脖子都通红了。

"对不住，我妈妈发神经了。真的对不住。"

"什么？"

"你挨训了吧？对不起。"

"她好像只是担心我俩饿着肚子逛街呢。"

"谁？是你妈，还是我妈？"

"不管怎样，妈妈说不要在试吃柜台充饥，要按时吃晚饭。"

楼上那个阿姨不可能不夹带讥讽和夸张，只说"在购物中心碰见了海仁和她朋友"的。但是那些话，通过海仁的妈妈，再经过恩智妈妈和恩智，传到海仁这里就成了大人纯粹的担忧，没有夹杂一丝不悦或不安。恩智又发来短信：

"姥姥让我们下周五辅导班下课后一起回我家呢，说是要给我们做参鸡汤。"

那次吃过参鸡汤以后，海仁每周五都会去恩智家吃恩智姥姥做的晚饭，在那里玩上一阵。她待在恩智家的时间越来越长了。有时是恩智妈妈上完夜班，一脸疲惫地回到家，说"太晚了，会有危险"，就开车把海仁送回家；又或是当她喝醉酒，趔趔趄趄地到家后，跟海仁说"明天是休息日，就在这里睡吧"，然后给海仁家打电话说海仁周末就不回去了。

一开始，海仁妈妈责备女儿，让她直接回家。有时，她还会给恩智家送些水果或肉之类的礼物。后来，她跟恩智妈妈喝了一次酒，不知道当时都聊了什么，以后每到周五，她都无条件地允许海仁去恩智家。

"妈，您最近为什么不反对我去恩智家呢？"

"为了让你也休息一会儿。"

"不是让我玩一会儿，而是让我休息一会儿？"

"你整天给尚敏准备晚饭，也很累嘛！"

父母经常下班晚，所以海仁几乎天天给弟弟准备晚餐。辅导班下课稍晚时，没等海仁进屋脱鞋，尚敏就很生气地说饿了。海仁有时觉得弟弟很可怜，顾不上换衣服就忙着摆餐桌；有时很讨厌弟弟，就扔下书包再次夺门而出。海仁偶尔因为感到厌倦、惭愧，会一边盛饭，一边哭泣；偶尔因忘带手机和钱包出了门，什么都做不了，就一边溜达，一边哭泣。原来这些事妈妈都知道啊。

"我还以为你会说让我管好弟弟的饭呢。"

"一周对付吃一顿也不会死的。"

可恩智妈妈总说:"晚饭不能随便对付,得吃好。"以前海仁妈妈也是这么要求的,说什么方便面、汉堡包之类的绝对不能当饭吃,还说什么外面的饭调料放得太多对身体不好。现在倒好,妈妈一到早晨就急忙把一千元塞给海仁,让她去辅导班门口买一些紫菜包饭吃,而且,竟然还说"一周对付吃一顿也不会死的"。谁都无法知道一个人的想法、言语、行为会在什么时候改变。海仁知道:恩智妈妈并不比自己的妈妈好,妈妈的责任心也并不比恩智妈妈差。但是,海仁也知道世上很多人的想法都跟自己不一样。

每到周五,海仁都带着换洗内衣去学校。晚上吃大酱汤或辣白菜炒饭、辣炖鸡块,然后两人一起做作业,深夜还吃恩智妈妈买来的鲫鱼饼、辣炒年糕等零食。最后,四人齐坐在电视机前看电视剧,等恩智的姥姥和妈妈打着哈欠回各自的卧室后,恩智和海仁也回到卧室,一起躺在床上,聊着聊着就睡着了。

KTV事件后的第二周周五晚上,恩智和海仁占据厨房,做了炸酱饭。由于恩智姥姥伤了手,她俩就决定自己做饭。在水槽边、洋葱、土豆、胡萝卜的外皮和碎肉块儿，以及溢出来的炸酱汤水混在一起，一片狼藉，但做出来的成品卖相还不错。其中，海仁煎的鸡蛋黄没破开，她那放在炸酱饭上的半熟煎鸡蛋起到了很大作用。看着碗碟，恩智妈妈感叹道：

"哎呀。这鸡蛋怎么煎得这么圆、这么漂亮？"

"我们天天吃鸡蛋呢。煎、蒸、卷、炒，都做得很好呢！"

海仁得意地回答，回想起弟弟尚敏埋怨"怎么整天吃鸡蛋"的话，心里不是滋味。恩智就像是自己受到表扬般开心地插话：

"海仁的刀工比我快一倍呢，她肯定很开心，说不定我以后会饿死呢。"

姥姥用缠着绷带而不方便的手拿着勺子，边吃边说：

"将来，你们肯定都要买饭吃，会做饭的人会越来越少，越是那样，海仁的手艺就越稀罕。"

恩智妈妈出神地望着并排坐着的两个孩子，说：

"你俩这么坐，很像双胞胎啊。"

"那也肯定不是同卵双胞胎。"原本一脸惊讶的她俩，表情逐渐变得阴沉。海仁深深地低下了头，恩智妈妈惊奇地问：

"海仁，你不会是在哭吧？"

刹那间，海仁眼中滴答滴答地掉下了眼泪。恩智妈妈急忙抽出纸巾递给她，不知说什么好。海仁看着恩智妈妈的眼睛，一字一句地说：

"恩智能不能不去雅加达？"

恩智妈妈想起了四年前的往事：恩智满身汗水、脸色煞白地躺在地面上；夏恩爸爸送上门的饼干；这逃窜般搬来的陌生的地方、陌生的房子；在漫长的下班路上，自己驰骋在看不到边际的道路上，终于抵达小区停车场后，才开始掉泪。她把脸埋在方向盘里哭了一会儿，为了掩饰红肿的脸，照着倒车镜补起了妆。她当时想，一进家门就要卸妆，还费这工夫干吗，生活真是美好又残忍。

当时，很多人误会恩智和自己，他们的言辞、行为和目光是那么刻薄、冷漠，恩智妈妈以为自己至死也忘不了呢。她想：不管用什么方式，都要让他们为自己的行为付出代价。有一天晚上，恩智妈妈点了炸鸡外卖。饭后，她收拾着散落在餐桌上的鸡骨头和碎屑，忽然觉得应该把这些垃圾送给恩智以前学校的教导主任。当时，她向教导主任提交录音、监控资料，教导主任看着她，说了句："适可而止吧。"

恩智妈妈为了不留指纹，特意戴上塑料手套，胡乱把鸡块、剩下的萝卜片、餐巾纸等装进密封袋里。忽然，她"啊"地回过神来，打住了。"看来，我是疯了。"她自言自语，觉得自己很荒唐，就笑了起来。但又因为感到悲伤，眼睛里噙满泪水。

那时如此迫切,而现在变得如此坦然。这里或多或少有海仁的功劳吧。

"哎呀,海仁啊。"

恩智妈妈看着正在哭泣的海仁,既感激又怜惜,就犹豫了一会儿,才小心翼翼地说:

"海仁啊,你现在觉得生活无法继续,好像这个世界要灭亡了,对吧?人人都难免有这样的时候,我也曾经有过。嗯,跟恩智爸爸离婚的时候是那样子。而且,我也曾满是委屈地离开了第一个工作单位呢!当时也是这种心情。但是,你瞧,我现在不活得好好的吗?没有过不去的坎儿,都能挺过去。本来这些话是不应该跟你们这些孩子讲的,但道理确实如此,所以你别哭了。"

海仁好像听懂了似的,仿佛已恢复理智,深深地吸了一下鼻涕,用手背抹了抹泪水。

"对不起!"

从那之后,海仁没再说什么。大家全都不吃了,在寂静的餐桌上,只是偶尔响起海仁打嗝的声音。恩智妈妈再次拿起勺子,对海仁说:

"这事现在还没决定呢。"

恩智和海仁沉着脸吃完饭,默默地回到恩智的卧室。一关上门，恩智就堵住自己的嘴，蹲坐在地；海仁则用被子蒙住头。她们怕笑声传到外面。

　　海仁原本打算彬彬有礼地求恩智妈妈的，恩智还建议两人一起下跪。但是，她们觉得她俩齐跪在那里，说"让我们继续交往！"不知怎的，这蛮像一对情侣请求家长同意婚事的场景，觉得很搞笑。海仁不希望恩智去雅加达，也讨厌晓兰怀疑恩智。恩智替晓兰说话，说"晓兰可能不是这个意思"，海仁为此还有点伤心呢。流泪原本不在计划里，当时是情绪失控了，随性为之。恩智好不容易镇定下来，对海仁说：

　　"你怎么回事，搞突然袭击？连我都快要掉眼泪了。"

　　"你为什么没跟着哭？"

　　"如果我也哭，我妈妈会看穿的。"

　　二人低声笑了起来。

　　恩智妈妈未能入选雅加达派驻人员，是她自己取消申请的。但是，当她得知同一批入职的男同事被选上的时候，还是很后悔。这个同事平时总爱发牢骚，工作时间还经常抽烟，表现很差。这位同事不知道内情，还问恩智妈妈为什么取消了申请。

　　"嗯，为了孩子。"

　　她本不想谈及孩子。一直以来，不管是对成果的称赞，还是对失败的责备，她都不拿孩子辩解。她怕别人觉得她拿孩子当借口，所以从不说"孩子等我回去呢""孩子生病了""孩子还小"等话，也怕有些话别人听起来虚情假意——"因为孩子，我更加成熟了""有了责任心""变得更诚实了"，所以也忍住不说。而这次就很坦率地回答了。总是掩饰，已经感到累了。

"孩子几岁了？"

"上初中。"

"那不正好带她出去吗？这好像对孩子有利而无害啊。"

这个道理我会不懂？

"有难处。不管怎样，一路顺风，祝贺你！"

同事长长地伸着懒腰，一脸不耐烦，自顾自地说起了闲话：

"老婆一个劲儿地要出去，我就申请了，真没想到能成。我也是为了孩子呢。老婆已经打听到了孩子在雅加达上的国际学校，还定了回国后上的学校呢。"

"嗯，是嘛。不管怎样，祝贺你，祝贺！"

恩智妈妈连连道贺，赶忙躲开了他。在下班路上，恩智妈妈进了位于小区入口的炸鸡店。就只遗憾一天吧。她点了一只炸鸡、一瓶烧酒。但她只喝了烧酒，吃了点赠送的萝卜片。炸鸡根本没动，就打包拿回了家。不巧的是，那天恩智早早地睡着了。

"为了让恩智吃上炸鸡,特意买来的。"

"自己为了喝酒才点的吧。"

恩智姥姥揉着眼睛从卧室里出来,从纸袋里取出装炸鸡的纸盒,放进冰箱里。她打了一个长长的哈欠。

接续：海仁的故事 | 다시, 해인의 이야기

咖啡厅里，四人坐在能看到公共电话亭的窗户边。这时，晓兰的手颤抖了。

"被录音的话，怎么办？"

现在，随便打给客服中心，都会播出将会录音的提示音，学校会不会这样呢？不安的情绪迅速扩散，恩智和多润的脸色也立刻变得跟晓兰一样了。只有海仁优哉游哉。

"没事。"

"你当然没事了，我可有事。一旦被抓住，我就完蛋了。说不定会受处分呢。"

"他们不会轻易泄露举报内容的。万一，万一真的被录音了，到时候我会说这是我做的。"

"被录的是我的声音，你这是什么话？"

"喂。都是同龄的女中学生，他们怎么分得清是谁的声音？就连我们的妈妈也听不出来的。"

真的？其他人将信将疑。

"你想试试？给我手机。"

海仁把晓兰的手机拿在手里，在通讯录中找出"妈妈"，摁了通话键。她打开扬声器，跟晓兰的妈妈通了话：

"喂？"

"妈妈！"

"嗯，晓兰啊。"

"妈妈，我打算今天辅导课后，跟朋友们吃完辣炒年糕再回家。"

"好，我知道了，可别太晚了。"

"妈妈！"

"干吗？"

"今天下班晚吗？"

"跟昨天差不多。有事吗？"

"没事，知道了。挂了！"

"嗯啊。"

咣当。

一直屏住呼吸的三个人笑了起来。晓兰笑得最欢。

"我妈真不像话！竟然听不出女儿的声音。"

"瞧，我说对了吧？不仅仅是你妈妈，恐怕世上的妈妈都一样吧？"

"但是，专家分析下声音就会穿帮的吧？这种事在《想知道真相》电视节目里可是经常播出的。"

"又不是发生了命案，谁会分析我们的声音呢？"

晓兰拿着写有海仁家和她大姨家住址的便条，深吸一口气，走向公共电话亭。

接续：多润的故事 | 다시, 다윤의 이야기

多润实在没把握说服劲头十足的班主任，以及想要借此机会减轻愧疚感的父母。近几年没有像样业绩的校方尤为着急，学校强烈要求今年必须让学生考上不错的特高，哪怕只有一个也行，多润就是重点培养对象。

如果说多润一点都不动心，那是不可能的。考上京仁外国语高中，真的能上好大学吗？这一选择，会改变我的命运吗？多润苦思冥想，还是没有答案。况且，新闻媒体正在报道"将取消对私立高中的审批，外国语高中和私立高中将转为普通高中"的新闻。校方说：这条规定仅适用于在读的小学生。多润怀疑：学校只关心眼前的成绩，而不关心个人前途。尽管如此，在老师的全力支持和帮助下，她还是紧锣密鼓地准备报考材料。

现在，多润被京仁外国语高中刷掉的方法一共有三个：一是不提交志愿；二是不参加面试；三是搞砸面试。她们四人苦苦思想：怎样才能让多润不承担过多责备和责任，制造一个不可避免的状况？多润说："若是发生一起不太严重的交通事故，或从摔下去也无大碍的地方掉下来就好了。"

"你从三楼掉下来，不就可以了吗？"

"应该很疼吧？"

"二楼呢？"

"不至于伤到不能参加面试的程度吧？"

大家再出不了什么主意了。

"要不参加面试当天，你就说不舒服，在地上打滚，一边哭泣，一边惨叫，最后被救护车送到医院。哪怕检查不出身体有什么异常，医院也能给你找一些精神压力大啊、过于紧张啊之类的借口的。"

"我家可是有真正的病人啊，装病之类的行不通，一眼就会被揭穿。"

说完，多润想起了因为家里有病人无奈放弃的很多机会，很多往事，各种情感。她曾闻着梨和大枣煮透时发出的甜香，看着多情竟然堵着鼻子、皱着眉头硬咽如此美味，自己只能悄悄垂涎欲滴；十岁的那个冬天，自己怕把感冒传染给妹妹，就独自蒙着被子养病，但最终还是去了药店。让她记忆犹新的是，药剂师看到一个人前来买药的她，瞪得大大的眼睛；多次因为妹妹而突然取消的旅行。还有一件事让她难以释怀：妈妈怕妹妹冷，就解下多润的围巾，给妹妹围上。当时，自己还故作开心地说"我不冷，我没事"，这声音仿佛就回响在耳边。多润很想给妈妈、爸爸和妹妹留下点伤痕，尽管妹妹是无辜的，却令自己无法忍受！多润很想在平静的日常生活中，掀起一道波浪。

"还是制造一个多情生病的状况吧。"

多润在进入面试场前，将会收到妈妈发来的多情正在抢救的短信。然后，她急忙跑去医院，发现那条短信其实不是妈妈发的。最终，没有参加面试的多润没考上京仁外国语高中。这是多润臆想出来的剧情。

"我妈妈不用聊天软件，只收发短信。我进面试场之前，用妈妈的手机号给我自己发短信吧。"

"现在不能更换发件人号码的。"

"啊……真的吗？"

多润的眼睛刹那间失去了光彩。她取出自己的手机，尝试了各种操作，又放在书桌上。晓兰说想想别的法子，多润摇摇头，嘀咕道："要是能把我没参加上面试的事情归咎于多情或者妈妈该多好。"

还有两天多润就要面试了。为了找出最佳应对方案，四人齐聚在恩智家里。姥姥刚巧去参加互助会[1]，所以恩智家没人。孩子们一进屋，就聚集在电视机旁的无线路由器边，她们把路由器翻过来，在各自的手机里输入 Wi-Fi 密码，依次跳上沙发。

海仁对多润说："面试的时候，你一句话也别说。"恩智表示反对："如果以后消息传开，多润会很为难的。"在朋友们绞尽脑汁的时候，多润不断地给恩智、海仁、晓兰发短信。

"发给你们的短信显示我的手机号吗？"

"嗯，名字和号码，都很清楚。"

"宋恩智，你的手机也显示吗？"

"当然了。你以为呢？"

"苹果手机也显示啊。"

"你的不是苹果手机啊。"

"我的不是。"

"那你问什么？"

"是哦。唉，要是因为多情该多好。"

就在这时，坐在按摩椅上正在摆弄手机的晓兰尖叫了一声。晓兰艰难地从深深陷下的按摩椅里起身，晃动着手机给大家展示。

---

1 韩国传统互助组织形式，由多人基于一定目的，分摊出一定数量的钱物，用以互相帮助或经营。——编者注

"这里有个发假信息的应用程序！通过它，可以制作短信。"

那是一个只要输入发信号码和短信内容，就能在自己的信息箱里生成假信息的应用程序。该信息不能发给别人，只显示在自己的手机里。如果发短信的号码是平时收发短信的号码，那么原来的短信之间就会出现虚假短信。简直神不知鬼不觉。

多润下载了这个应用程序，装在自己的手机里。在大家的注目下，她在发件人号码栏里输入晓兰的号码，在信息栏里输入"测试"，并把发信时间设定为当前，摁下发送键。手机里并没响起任何提示音，也没有振动。

多润紧张地打开和晓兰的短信页面。朋友之间，由于用 Kakao Talk 聊天，所以很少发送短信。晓兰给多润发送的最新短信，是为了向她转发自己收到的化妆品折价券。就在那下方，出现了一条新的信息——"测试"。

"天哪！"

"绝了！"

"瘆人。"

海仁把多润的手机夺过来，仔细看了看。然后是恩智，最后由晓兰查看了那条短信。根本看不出那是伪造的信息。在晓兰的手机里，没有任何通知及相关痕迹。多润以难以捉摸的表情看了一阵自己的手机，就把那条短信删了。

"当天早晨,我先按时出门。我会在地铁站的洗手间里,用这个应用程序编辑好短信,假装是妈妈发来的,然后立即卸载该程序。还要在外面适当地溜达会儿再回家。"

"你能行吗?"

"我很聪明的。"

"能安全过关吗?如果你妈报警怎么办?"

多润摇了摇头,朋友们理解为"这不可能",而多润的意思是"没关系"。她觉得如果妈妈知情,也是一件很有意思的事情。希望无人知道我家的不幸状况,又盼望有人了解这个情况,这两种念头掺杂在多润心中。不希望被别人同情,却迫切希望能得到别人的安慰。妈妈能理解多润的心思吗?如果妈妈得知是多润伪造短信,会说什么?

多润按计划在地铁站的洗手间里用虚假信息应用程序制作短信后,立刻卸载该程序。原以为到时候手会很抖,但她其实一点都不紧张。多润站在盥洗台前,透过镜子看到素颜的自己,那面孔那么疲惫、陌生。她取出唇彩,仅仅在下嘴唇上点了几下。多润想:还有时间到面试场,现在也可以删掉这条短信。

正在她犹犹豫豫地走向京仁外国语高中时,口袋里的手机振动了。

"随心所愿吧。这是真心话。能跟你交朋友是一件幸事。"

晓兰发来的。

随心所愿？我希望的是什么呢？在那条信息前面，就是用妈妈的手机号发来、其实是多润自己编的假信息——"多情身体很不舒服，我们现在在上次那个急救室。"多润轮流看了看这两条信息。就在这时，身边突然传来一个女子的声音，那声音听上去没什么特征，很平常。

"女儿！女儿！"

多润环顾四周。一辆白色轿车上，有位女士从车窗里伸出胳膊。即便是不懂汽车的多润，也能看出那是一辆老式车，但车子擦得锃亮。

"琳儿！我的琳儿加油！"

一个走在多润前面的女孩儿转身朝汽车挥了挥手。多润的妈妈也曾管多润叫润儿，但那是小时候的事了。妈妈从什么时候开始不再叫"润儿"呢？记不清了，也不难过了。哀莫大于心死！多润因此感到悲伤，觉得自己虚脱无力。

多润想，如果这条晓兰的短信是由妈妈发的，结果会怎样？想到此，她那原本混乱不堪的心情恢复了平静。多润删掉了晓兰的短信。她找出妈妈的手机号，摁下通话键。但是，她旋即挂断，转身跑向地铁站口。

接续:晓兰的故事 |다시, 소란의 이야기

那天早晨,父母去上班了,哥哥去复读辅导班听讲座,晓兰自个儿用牛奶泡了麦片吃。这个点应该正是多润去面试的时间。她现在在地铁上呢,还是正走向京仁外国语高中,抑或是躲进地铁站洗手间最里面的隔间里犹豫不决呢?想着这些事,晓兰从口袋里取出了手机。

多润很孤独,她有很多需要自己做决定、自己负责任的事情。而且,她好像还认为自己很可怜。晓兰心想,多润或许正以一副表面楚楚可怜、暗中窃喜的心情,做出很自私的选择吧。

晓兰给多润发了一条短信。把那段话发到群里的话,有点别扭,而且她觉得当多润比对自己发的短信和那条假短信时,心情会变得更糟糕。于是,她决定发短信。希望这条短信使多润变得更孤独,让她更拿不定主意、更脆弱,这样才能想起朋友。

尾声 에필로그

  入学典礼后的日程跟以往相似。四人先去初中时经常光顾的辣炒年糕店,然后逛了一会儿购物中心,又在KTV唱了一会儿歌,就分开了。就是那家晓兰和海仁吵架的KTV。

  晓兰回家一看,有自己的快递。那是为了专门听海仁给的礼物而买的随身听。几个月来,她一直对磁带内容很好奇,最终还是买了一台翻新机。

  放进磁带,摁下播放键,短暂的杂音后,轻快的音乐响起来。是个英语童谣歌集。"什么呀,明明是英语磁带嘛。李海仁,你这个骗子。"其中的几首曲子,晓兰自幼听惯了,不用怎么费力回忆,也能很自然地唱起来。

  Twinkle, twinkle, little star. How I wonder what you are... 歌词应该是对的吧?晓兰反复念起了歌词。How I wonder what you are. 有你们在，多么惊奇；有你们在，多么惊奇。[1]

晓兰打开手机，再次找出在礼堂前面拍的照片。不后悔。她心想，朋友们应该也是一样的。

多润没自信一定能考上特高，还想让家人心疼；海仁不想给家庭造成经济负担，也不想遂爸爸的心愿；恩智不想让妈妈失望，也不想失去朋友。她们有着各自的考量和计划。在济州岛的那个夜晚做的那个约定似乎重要，又似乎不太重要。大家只是做了适合自己的最佳选择而已。

但是，晓兰本就没有自己的考量和计划。对她而言，未来，一片渺茫。曾经有过因为觉得落伍而不安的时候，但她认为这样倒也无妨，慢慢地寻找答案就可以了。因为年纪尚小，有足够的时间用来探索。

---

[1] 此处译文按照韩文原文译出，和英文原意稍有出入。——编者注

作者后记

济州岛的朋友每到冬天都会给我寄来橘子，那是香甜可口的果实。于是，我想起了果实成熟、酝酿味道的过程。成长，好像有时候是一个艰辛而孤独的过程。"别人都经历过""你到底比别人差在哪里呢？"对这些话，我想回答：就算别人都经历过，真到了自己身上也是难过的；人就是会有比别人差的地方啊。

这部小说中的四个朋友在高中入学典礼上拍了纪念照。但在现实生活中，今年由于新冠肺炎疫情的暴发，无法正常上课，很多新生应该未能参加入学典礼吧。恐怕不仅是新生，就连大多往届生也未能好好地享受新学期、新教室，没能体验交到新朋友的愉快以及紧张感吧。

希望通过这部小说向从艰难时期走过来的人们致敬，并给大家一丝安慰。在真正成熟前，每个人都曾经历过那段青涩时光，希望这部小说能给大家带来迟到却温馨的阳光。

对出版拙作的文学村童书编辑部表示感谢。我不会忘记各位的温暖支持、真知灼见。在跟各位一同出书的过程中，我心里很踏实、很幸福。

也要向在撰写这本小说的过程中给予我帮助的多恩、妍儿、恩瑞、智恩、镇荣、彩元，以及另外两位不愿公开姓名的朋友表示感谢！

此外，向既是第一位读者，也是促使我撰写这本小说的心爱的女儿表示感谢。我所描述的故事，或是女儿给了我灵感，或是里面叙述了一些关于她的故事。

2020 年春

赵南柱

译者后记

在完成最后一处修改之后,这本书的翻译终于完成了,不由得长舒了一口气。翻译从来都不是一项机械的工作,尤其翻译文学作品,需要翻译者认真阅读作品,某些时候简直就是再创作。这部小说中多润、晓兰、海仁、恩智四个人的故事如四颗珍珠一样连缀在一起,作者有意无意的笔触并不让人觉得烦闷或者幼稚,这部小说至少让我们明白了这样一个道理:每个人对生活的意义的理解都是不一样的,而处在青春期的孩子的想法,尤其能体现出一种过渡性,即从懵懂到成熟的变化。譬如多润想尽办法不去大家都羡慕的外国语高中,这在家长和一般的学生看来,简直不可理解。然而真正不可理解的其实是我们自己,我们真的不知道这四个少女最在意的并不是去哪里上学,并不是未来会怎样,她们对友谊的执拗竟然使我们这些成年人有些惭愧。同样从少年走过来的我们好像成熟到已经忘记了自己也曾是少年，忘记了我们曾经也并不在意什么未来，而更在意我们与朋友之间的友谊。而从最长远的角度来看，似乎友谊又是最重要的事情之一，甚至比一份好工作更有意义，要知道心灵的维护其实是非常重要的。这是不是有点讽刺？小说中四个少女的纷繁故事，不禁让我想起了席慕蓉的一首名叫《青春之一》的诗：

所有的结局都已写好／所有的泪水也都已启程／却忽然忘了是怎么样的一个开始／在那个古老的不再回来的夏日／无论我如何地去追索／年轻的你只如云影掠过／而你微笑的面容极浅极淡／逐渐隐没在日落后的群岚／遂翻开那发黄的扉页／命运将它装订得极为拙劣／含着泪／我一读再读／却不得不承认／青春是一本太仓促的书。

每个人都需要理解，需要尊重，即使是初生的婴孩，即使是懵懂的少年，尽管会犯错，但犯错也是非常有意义的。这部小说给我们的最大启发恐怕就是这个吧。

此书的翻译并不算轻松，先是朴春燮老师的费心阅读，译绪初萌，然后便尝试动笔翻译，接着是我的校正与润色，然后再交给朴老师，如此反复，都忘记了一共有多少次交流。朴老师是一个勤奋的人，而我也是这样的一个人，所以我与朴老师的合作已经很多年了，一直非常默契。这部小说就是在我们默契的合作中慢慢翻译完成的，我们俩作为译者，作为第一批真正意义上的读者，是感到非常荣幸的。同时我也想与朴老师一起向作者赵南柱表达我们的谢意，感谢她的辛苦创作，希望她能有机会来中国一聚！最后，我想用一首七言绝句来纪念这部小说的翻译工作：

经年青瓦寒蝉冷，故恨难销坐空堂。
春鸟三声春已尽，每临旧梦泪沾裳。

中文译者：朴春燮　王福栋

2021 年 4 月 22 日

图书在版编目（CIP）数据

橘子的滋味 /（韩）赵南柱著；朴春燮，王福栋译. -- 北京：北京联合出版公司，2022.5
ISBN 978-7-5596-5850-0

Ⅰ. ①橘… Ⅱ. ①赵… ②朴… ③王… Ⅲ. ①长篇小说—韩国—现代 Ⅳ. ① I312.645

中国版本图书馆 CIP 数据核字（2022）第 017761 号

北京市版权局著作权合同登记图字：01-2022-0360

귤의 맛 (Tangerine Green)
Copyright © 2020 by 조남주 (Cho Nam-joo, 趙南柱) All rights reserved.
Simplified Chinese translation Copyright © 2022 by Beijing Xiron Culture Group Co., Ltd.
Simplified Chinese language edition is arranged with Munhakdongne Publishing Group through Eric Yang Agency

橘子的滋味

作　　者：（韩）赵南柱
译　　者：朴春燮　王福栋
出 品 人：赵红仕
责任编辑：龚　将
封面设计：魏　魏

北京联合出版公司出版
（北京市西城区德外大街 83 号楼 9 层　100088）
嘉业印刷（天津）有限公司印刷　新华书店经销
字数 110 千字　880 毫米 × 1230 毫米　1/32　印张 6.25
2022 年 5 月第 1 版　2022 年 5 月第 1 次印刷
ISBN 978-7-5596-5850-0
定价：48.00 元

版权所有，侵权必究
未经许可，不得以任何方式复制或抄袭本书部分或全部内容
如发现图书质量问题，可联系调换。质量投诉电话：010-82069336